# 山南札记

子熠 著

中国民族文化出版社
北京

图书在版编目（CIP）数据

山南札记/ 子熠 著. -- 北京:中国民族文化出版社有限公司,2024.5
ISBN 978-7-5122-1918-2

Ⅰ.①山… Ⅱ.①子… Ⅲ.①诗集- 中国-当代 Ⅳ.① I227

中国国家版本馆CIP 数据核字(2024)第 099716 号

## 山南札记
SHANNAN ZHAJI

| 作　　者 | 子熠 |
| --- | --- |
| 责任编辑 | 何敬茹 |
| 责任校对 | 李文学 |
| 出 版 者 | 中国民族文化出版社 |
| 地　　址 | 北京市东城区和平里北街 14 号 |
| | 邮编 100013 联系电话:010-84250639 64211754(传真) |
| 印　　装 | 三河市新科印务有限公司 |
| 开　　本 | 880mm×1230mm 1/32 |
| 印　　张 | 7.25 |
| 字　　数 | 142 千字 |
| 版　　次 | 2024 年 5 月第 1 版 |
| 印　　次 | 2024 年 5 月第 1 次印刷 |
| 书　　号 | ISBN 978-7-5122-1918-2 |
| 定　　价 | 58.00 元 |

版权所有　侵权必究

1. 雅鲁藏布江：流经天空的河

2. 羊卓雍措：始终保持高处的平静

3. 思金拉措：雪山颅骨里的天堂

4. 拉姆拉措：倒影正摇晃于来世

5. 对印边境自卫反击战前线指挥所旧址：将军桥纹丝不动

6. 卡久景区：尘世之外的风景

7. 雍布拉康：宫殿的诗意

8. 桑耶景区：一段尘封的旅程

# 序一

  山南市是西藏古文明的发祥地之一,是传说中神猴同罗刹女结合而诞出藏民族之地。山南历史悠久,文化灿烂,西藏历史上的众多杰出人物都诞生在这里。山南史称"雅砻",生活在这里的藏族先民们创造出了绚丽多彩的雅砻文化和西藏历史上诸多"第一":第一座宫殿——雍布拉康,第一位赞普——聂赤赞普,第一块农田——萨日索当,第一座佛堂——昌珠寺,第一座寺院——桑耶寺,第一部经书——《邦贡恰加》,等等。因此,山南被人们称为"藏民族之宗、藏文化之源"。

  山南市是西藏七个地级市之一,位于西藏自治区南部,地处青藏高原喜马拉雅山脉以北,冈底斯山和念青唐古拉山脉以南,雅鲁藏布江中游宽广谷地。它北邻拉萨,东连林芝,西接日喀则,南与印度、不丹接壤,边境线约长 630 千米,总面积 7.909 万平方千米,占西藏自治区总面积的 1/15。主要有藏、汉、门巴、珞巴等 28 个民族,其中藏族占 96%。2022 年统计,山南市常住人口 35.51 万人,其中,城镇人口 11.33 万人,农村人口 24.18 万人。山南平均海拔 3700 米左右,是西藏高原海拔相对较低的地区之一,有"藏南谷地"之称。年平均气温 7.4~8.95℃,夏季短而凉爽,冬季少雨雪且漫长而干旱,气候比较干燥,多大风,结冻时间长,早晚温差大,5~9 月为雨季,四季不分明。

  在行政区划上,山南市共有 1 个市辖区(乃东区),1 个县级市(错那市),10 个县(分别是:扎囊县、贡嘎县、桑日县、琼结县、曲松县、措美县、洛扎县、加查县、隆子县、浪卡子县)。乃东区是山南市政府所在地,也是全市政治、经济、文化、信息、交通中心。

山南地处雅鲁藏布江深大断裂带南侧,是著名的特提斯构造的重要组成部分,以高原为主体,地质构造复杂,地貌类型多样,区域分布明显。山南的北部为高原宽谷区,位于雅鲁藏布江中游,包括贡嘎、扎囊、乃东、琼结、桑日和曲松的大面积土地,这里的雅鲁藏布江宽谷海拔在3500~3800米之间,河道平缓,土地肥沃,历来是山南最重要的农区;中部为高原湖盆平原区,包括浪卡子县的羊卓雍措、普莫雍措和措美县的哲古镇等地,平均海拔4500米左右,形成高山湖盆宽谷的地貌景观,多高山草甸优质牧场;东部为高原峡谷区,包括加查县、隆子县的扎日加玉、洛扎县一线以东,这里河道狭窄,山高谷深,森林茂密;南部为高原深谷区,这里现代冰川较多,山谷冰川沿洛扎、措美山谷而下,形成众多高山谷地。正是由于复杂的地质构造,山南有丰富的自然资源,拥有河流、雪山、冰川、湖泊、温泉、峡谷、草原、高山、原始森林,甚至溶洞、沙漠等几乎所有类型的自然风光。

山南雪山冰川众多,海拔6000米以上的雪山就有十多座,其中对外开放的山峰有五座,分别位于错那、洛扎、浪卡子境内,平均海拔近7000米,最高峰为海拔约7554米的库拉冈日峰。此外还有位于乃东区境内的雅拉香布雪山和位于桑日县境内的沃德贡杰雪山,平均海拔6000米以上,原始冰川终年不化。还有大小湖泊数十个,其中以素有"碧玉湖"之称的羊卓雍措、有"中国的贝加尔湖"之称的普莫雍措、"财神湖"思金拉措、富有神奇色彩的拉姆拉措和"草原明珠"哲古措最为著名。山南江河稠密,共有大小河流41条,其中西藏母亲河雅鲁藏布江的中游地段在山南形成302平方千米的宽广地带,最宽处达7千米,流经贡嘎、扎囊、桑日、加查、曲松、乃东、浪卡子七县(区),滋润着沿江两岸万亩人工林地。

山南有众多美丽的沟谷,类型多样,各有风采,其中著名的有错那的勒布沟、扎囊的青朴沟、加查的崔久沟等。在勒布沟，平均海拔约 2900 米，在六七月份既可以看到白雪皑皑的高山、茂密葱茏的原始森林，也可以看到漫山遍野的杜鹃花海，绿意融融的田园牧场，以及盘山而下蜿蜒的河流。在青朴沟，山谷成 U 字形，一个个修行洞散落在山间，随处可见羊儿在山野丛林间吃草饮水，各种鸟儿在枝头展翅歌唱。

山南还是野生动植物的天堂，这里的森林、湿地、草原、山谷生长和生活着大量珍贵的动植物，常见植物有 600 多种，其中药用植物有 200 多种，珍贵药材有冬虫夏草、雪莲花、贝母等。野生动物有白唇鹿、西藏马鹿、藏野驴、喜马拉雅斑羚、盘羊、黑熊、狼、狐狸、棕尾虹雉、血雉等。

"藏源山南·雪域领秀"，山南自然生态与人文景观交相辉映。目前山南有国家级风景名胜区 1 处（雅砻国家风景名胜区），国家级自然保护区 1 处（雅鲁藏布江中游河谷黑颈鹤国家级自然保护区），国家湿地公园 4 处（拉姆拉措、琼果河、曲松夏洛、拿日雍措），国家森林公园 1 处（杰德秀），国家级文物保护单位 18 处，自治区级文物保护单位 108 处。在山南历史上众多"西藏第一"和昌珠"中国历史文化名镇"的影响下，以泽当为核心的"藏源山南"品牌正深入人心，自驾旅游、乡村旅游、红色旅游、康养旅游、研学旅游等新业态加速发展，涌现出了"藏戏第一村——扎西曲登，青稞酒之乡——强吉村，生态边陲——玉麦"等网红打卡点。成功创建了昌珠 AAAA 级藏源文化旅游景区、玉麦 AAAA 级自然人文景区，勒村、强吉村、玉麦村入选"中国魅力休闲乡村"名录，雪巴乡、麻麻乡、拉郊乡等先后被评为"全国乡村旅游重点村"，勒布沟荣获全区首个"中国天然氧吧"称号。

文旅新启航，诗意共远方。如今的山南，交通和旅游基础设施不断发展，贡嘎国际机场扩容通航，隆子机场已经建成，拉林铁路建成通车，泽贡高速、G219、G349、G560 相继贯通，已逐步形成"吃、住、行、游、购、娱"六要素协调发展的和谐格局。开放和活力的山南,邀请八方游客走进山南,深度体验藏源山南的独特魅力。

西藏自治区山南市文化局<br>西藏自治区山南市旅游发展局

# 序二——行走在文字上的心灵之旅

陈人杰

读子熠的《山南札记》，仿佛是在纸上行走的一场心灵之旅，让我在精神飘荡间又回到了那个令人魂牵梦萦的地方。山南是藏民族的发源之地，也是无数西藏文人的精神原乡，在作者的诗里，我看到了珍珠般的羊卓雍措，宛如仙女洒向人间悲悯的泪水，晶莹剔透，一碧如洗；我看到了神秘的拉姆拉措，照尽了前世今生，却终究无法看破命运的玄妙之门；我看到了曲折悠长的雅鲁藏布江流淌千年，洗不尽人世间的喜怒哀乐，抹不掉红尘里的相思离愁。山南是美的，一如子熠的诗一样。仓央嘉措说："你见／或者不见我／我就在那里／不悲不喜"。山南已经存在了上千年，遇到子熠则变得似乎更加诗情画意。

子熠对山南的感情是饱满的、真挚的。英国哲学家托马斯·卡莱尔说，"没有在深夜痛哭过的人，不足以谈人生"；而我想说，一个优秀的诗人，浪漫、随性只是表面，那些无人问津的孤独岁月，用双脚跋涉过的每寸土地，最终化成的这一行行动人的诗篇，才是其价值所在，在温暖着自己的同时，也感动着每一个路过的读者。子熠用生命的长度和实践的广度在拓宽着山南的文学高度，字里行间透露出对这片土地无限的眷恋和热爱。即便一场夜雨，也能唤起他心中无限的情丝，"淋湿了街头的忧郁／孤独与宁静并存／无声的词语里，有落在心头的柔软"（《夜雨：天空的叹息》）；或者从一个美丽的藏族女孩名字里，他看到爱和生生不息的希望，"走进故居／宁静——其实宁静早于我一缕阳光抵达／是的，光辉跨过雪山和凉意／落在故居的门楣上／并藏着爱、祥慈、光明和发芽的春天"（《达娃卓玛：一个美丽的名字》)。

　　子熠对历史的思考是深沉的、睿智的。提到山南,这个藏民族的发祥之地,总会给人一种厚重的历史沧桑感,这里有神猴同罗刹女结合的动人传说,有松赞干布的英雄事迹,也有藏传佛教史上第一座"佛、法、僧"俱全的寺院——桑耶寺……令人为之神往。那些久远的回响、尘封的往事,在子熠的诗里得以重现,并夹杂着隽永的语句,让历史在晶莹的露珠里闪烁回荡。在《雍布拉康:宫殿的诗意》里,他写道:"山上是神的居所/山下是人的乐园/夕阳递出一面斑驳的镜子/把过去和现在映照得泾渭分明"。在《琼结石碑:保持安息般的冷静》里,他写道:"至于石碑上的月亮和太阳,以圆缺肯定了世事无常/石碑不会说话,保持安息般的冷静/及不被提及的历史性"。在《藏王墓:静默在岁月深处》中,他说:"每一寸封土都有自己的故事/或是赞普的歌声/或是大臣的忠言/抑或王妃的细语/太多的遗憾与荣耀/都已跟随历史的篇章/合上了沉重的书页"。他的诗在优美的语言里,给人以深深的哲思和对历史的无限感慨。

　　子熠对家国的爱是神圣的、庄严的。他是军人出身,字里行间那种对家国的爱,早已融入他的血液里,甚至是骨髓里。山南是英雄之乡、革命圣地,它见证了1962年中印边境自卫反击战的光辉事迹,也凝望着时代楷模卓嘎、央宗守护神圣国土的庄严时刻,正如子熠所写:"'家是玉麦,国是中国'/每一个玉麦人都是守卫者/就如贯穿我们一生的是方块字的歌声/我来时,落霞已把喜马拉雅山上的五星红旗/染成国书"。

　　"胡马依北风,越鸟巢南枝",一个游子走得远了会思念故乡,同样,固守边疆的人才知道家国对自己的重要性,这也许就是子熠写《山南札记》的初衷吧。

　　是为序。

　　(陈人杰:台州诗人,西藏文联副主席。其诗集《山海间》获第八届鲁迅文学奖)

# 序三——诗意的山南

李浔

诗集《山南札记》的作者子熠，曾经是一位驻守西藏的战士，如今则是扎根边疆、建设西藏的热血青年。他也是一位钟情于山南，为山南放声歌唱的诗人。

在诗集《山南札记》里，子熠用诗记录了山南的历史，用诗写下了山南新时代的赞歌。

诗集分乃东篇、琼结篇、扎囊篇、贡嘎篇、浪卡子篇、洛扎篇、措美篇、错那篇、隆子篇、加查篇、曲松篇、桑日篇，共十二部分。在这本诗集里，我读到了西藏古文明的发祥地之一山南的辉煌历史，也看到了新时代山南的社会与经济发展的新风貌。

面对西藏古文明的发祥地之一的山南，子熠这样写道：
怀抱圣洁，足以避世
雅鲁藏布江的涛声是压低尘埃的歌声
雪域是看得见的名词
晶莹之域，孕育最能接近光的人
　　　　　　——《藏源山南：孕育最能接近光的人》

面对加快发展文化旅游高端品牌产品，子熠这样写道：
……………
甜只是味觉上的插曲
雪域高原、藏红花、红景天……夹着

柔软的香息
喝下的人转瞬便翻涌着雅鲁藏布江的回音
……

——《夜伴蜂声：从蜂鸣声中酝酿文化》

面对传统戏曲文化的扎西雪巴藏戏，子熠这样写道：
"唉哈哈哈"
唐东杰布满意的笑声
于节奏中，释放出无限激情

黄面具舞者
从扎西桥舞出六百年的画卷
用舞姿汇成词语的海洋
……

——《扎西雪巴藏戏：用舞姿汇成词语的海洋》

面对传统的民间爱情故事，子熠这样写道：
……
走进故居，宁静
——其实宁静早于我一缕阳光抵达
是的，光辉跨过雪山和凉意
落在故居的门楣上
并藏着爱、祥慈、光明和发芽的春天

——《达娃卓玛：一个美丽的名字》

　　他的诗有真情实感，语言节奏明朗、形象生动，在叙述上描写细腻，有浓厚的西藏特色。他的诗将情景自然融合，既有深沉的意境，也有贴近生活实际的图景，因此这些朴素又富有情趣的诗，读来令人亲切。子熠的诗写得纯粹，没有杂念地书写了西藏山南地区的大美风情。

诗集《山南札记》，是用诗编织起来的一条哈达，是他献给山南各个县区的赞美与祝福。

　　读了《山南札记》，我认识了一个诗意的山南。里面的诗像彩虹，让我看到一个多姿多彩的山南。

　　在他的诗中，我读到了山南的历史、山南的风情、山南的发展；读到了山南的雅鲁藏布江、雪山、冰川、湖泊、温泉、峡谷、草原、原始森林、溶洞、沙漠等自然风光；读到了库拉冈日峰、雅拉香布雪山和沃德贡杰雪山；读到了有"财神湖"之称的思金拉措、有"碧玉湖"之称的羊卓雍措、有"中国的贝加尔湖"之称的普莫雍措等这些神圣的高原湖泊；读到了茂密的原始森林，绿意融融的田园牧场。我还读到了新时代山南的各族人民，在加快发展清洁能源产业、绿色工业、文化旅游业。

　　在诗集《山南札记》中，有如此真挚的情感，有如此美丽的诗句。

　　我们从他的诗中看到：山南就是一首诗，山南是人间仙境，山南就是你向往的——诗和远方。

2024年1月7日于湖州

（李浔：著名诗人、文艺评论家，中国作家协会会员，浙江省作家协会全委会委员）

# 目 录

## 乃东篇

藏源山南:孕育最能接近光的人 …………………… 3
雅鲁藏布江:流经天空的河 ……………………… 4
雅拉香布雪山:有与肃穆异于寻常的柔软 ………… 5
夜伴蜂声:从蜂鸣声中酝酿文化 …………………… 6
山南博物馆:收藏品对存在感的旁白 ……………… 7
山南烈士陵园:和平与幸福的余荫 ………………… 8
克松村:西藏民主改革第一村 ……………………… 9
泽帖尔:有值得纪念的触感 ………………………… 10
斯斯沟:城市之外的答案 …………………………… 11
援藏干部:为新词语的出现打开豁口 ……………… 12
扎西雪巴藏戏:用舞姿汇成词语的海洋 …………… 13
贡布日山:登一种向上的渴望 ……………………… 14
雍布拉康:宫殿的诗意 ……………………………… 15
登上黄鹤楼的山南少年 ……………………………… 16
夜雨:天空的叹息 …………………………………… 17

## 琼结篇

达娃卓玛:一个美丽的名字 ………………………… 21
琼结水晶玉石:精彩都出于沉默的词语背后 ……… 22

— 1 —

琼结石碑：保持安息般的冷静 …………………………… 23
观强钦庄园随笔 ……………………………………………… 24
强吉青稞酒 …………………………………………………… 25
德吉林卡的回应 ……………………………………………… 26
琼结雪村传递着时代的回音 ………………………………… 27
琼果河国家湿地公园：桀骜而祥和 ………………………… 28
旅居强吉林卡村：把梦照进现实 …………………………… 29
游青瓦达孜古堡有感 ………………………………………… 30
卡卓扎西宾顿藏戏：唱腔始终保持劳作的尺度 …………… 31
久河卓舞：最古老的腰鼓舞 ………………………………… 32
观日吾德庆寺有感 …………………………………………… 33
游雅投红色印象农业生态园有感 …………………………… 34
赤德松赞墓碑：残存的碑文里有新的坐标 ………………… 35
奴玛泉水：空隙衍生词语 …………………………………… 36
藏王墓：静默在岁月深处 …………………………………… 37

## 扎囊篇

扎囊沙漠：神奇的世界 ……………………………………… 41
望果节：围绕丰收田野的歌舞 ……………………………… 42
玉布陶瓷坊：来自泥土而又高于泥土 ……………………… 43
游朗赛岭庄园有感 …………………………………………… 44
扎囊虱雕：让原像从刻刀的划痕里找到来路 ……………… 45
藏草基地：从种子里抽出不曾谋面的新意 ………………… 46
藏家民居：以"回"形的风水占卜历史 ……………………… 47
珠敏林藏香：可以抽出身体里唐突的一面 ………………… 48
桑耶景区：一段尘封的旅程 ………………………………… 49
松卡石塔的禅意 ……………………………………………… 50
扎央宗溶洞：以沉默，唤出你心中被忽略的名字 ………… 51
措姆湖：湖光诗影 …………………………………………… 52

哈布山：人生之镜 ……………………………………… 53
青稞飘香的季节 …………………………………………… 54
落叶 ………………………………………………………… 55

## 贡嘎篇

羊卓雍措：始终保持高处的平静 ………………………… 59
昌果沟文化遗址：文明是陶片上人字皲裂的扩张 ……… 60
杰德秀古镇：旧砖旧瓦在新词语里继续剥落 …………… 61
日托寺：孤独具有突兀性 ………………………………… 62
杰德秀湿地发芽的春天 …………………………………… 63
杰德秀曲直木雕：让刻刀的歌声成为撺掇者 …………… 64
杰德秀邦典：在斑斓的空隙产生新的词语 ……………… 65
刘琼村：以冷静，接受了来过或离去的人 ……………… 66
达瓦锻铜工艺：让人像或器物更加凝实 ………………… 67
眺望多吉扎寺 ……………………………………………… 68
飞鸟掠过希楞柱上的天空 ………………………………… 69
贡嘎机场：逐梦高原的起点 ……………………………… 70
温泉里的自画像 …………………………………………… 71
甜茶馆里的老照片 ………………………………………… 72

## 浪卡子篇

三大圣湖之一：羊卓雍措的魅力 ………………………… 75
普莫雍措：女儿湖的笑容 ………………………………… 76
阿扎金银：时间的艺术 …………………………………… 77
宁金康桑雪山：风中吟唱着我告白的诗篇 ……………… 78
恰央措：荡漾着爱情的影子 ……………………………… 79
岗布沟：每一步都是对大自然的敬仰 …………………… 80
藏木觉千年古柏：池塘是你的镜子 ……………………… 81

桑顶寺：宏大与细腻并存的美 ………………………………… 82
千年柏树王：目光永远在宇宙尽头的边缘游走 ………………… 83
江塘孔丝：拥抱语言无法触及的秘密 …………………………… 84
羊卓服饰：汉藏交织的艺术 ……………………………………… 85
遇见微醺的打隆古镇 ……………………………………………… 86
岗布冰川（40冰川）：界碑上的雄鹰 …………………………… 87
普玛江塘：世界上海拔最高的行政乡 …………………………… 88
马蹄岛：天马遗落人间的铁蹄 …………………………………… 89
色多鸟岛：穿越生命的樊笼 ……………………………………… 90
嘎玛林草原：温暖的日子 ………………………………………… 91
甘扎温泉：淬炼生命的坚韧 ……………………………………… 92
卡热桃花：候鸟飞向高处的跳板 ………………………………… 93
曲括子藏戏：生活的概述 ………………………………………… 94

# 洛扎篇

拉郊乡：全中国人口最少的乡 …………………………………… 97
卡久景区：尘世之外的风景 ……………………………………… 98
洛扎摩崖石刻：剥落的颜料裹挟着结盟的誓言 ………………… 99
谢翁温泉：托起了一个灵魂的独白 ……………………………… 100
拉普温泉：让幸福沸腾 …………………………………………… 101
洛扎古碉楼观感 …………………………………………………… 102
杰顿珠宗遗址上老旧的墙砖 ……………………………………… 103
遇见朱措白玛林湖 ………………………………………………… 104
溪水拉长了村干部晚归的身影 …………………………………… 105
季节的不确定性 …………………………………………………… 106
暮色里的村庄 ……………………………………………………… 107
库拉冈日：顶天立地的冰雪之墙 ………………………………… 108
卡久景区的晨曦 …………………………………………………… 109
卡久山三色湖：三湖相连如明珠 ………………………………… 110

小草的风骨 …………………………………… 111
彩虹沟的涟漪 ………………………………… 112

## 措美篇

哲古湖:替整个冬天收集一段诺言 ………… 115
措美碉楼:可以看见不曾谋面的陌生 ……… 116
仲琼诺玛夯土民居:生活的佐证 …………… 117
世界最高海拔的风电场 ……………………… 118
古堆藏獒:守护的意义 ……………………… 119
哲古草原:把马蹄上的回声送进我们的心灵 … 120
扎扎草原:比蔚蓝更深的草原之海 ………… 121
恰拉脱岗雪山:在恰杂村收集着落霞的厚薄 … 122
古如拉措:雪山深处的爱心湖 ……………… 123
药王谷:让肉身的疖瘤转换成春天的密纹 … 124
卡珠古村落:从灶孔中掏出薪火 …………… 125
恰杂杜鹃花的香息和艳词 …………………… 126
扎扎服饰:反穿氆氇藏袍的文化密码 ……… 127
甲黔彩靴:踩出语言的漩涡 ………………… 128
热巴吉念舞:契合着一株青稞黄熟的进度 … 129
扎扎打奶歌:于谋生的蒲团上钩上补丁 …… 130
哲古牧人节:哲古湖畔的涛声 ……………… 131
藏蜜:经得住味蕾的挑剔 …………………… 132
雪菊:鲠在喉咙的言辞不会浑浊 …………… 133
黑青稞糌粑:在未来的行囊留下倒叙 ……… 134

## 错那篇

岗亭瀑布:于流泻中寻找落差的预感 ……… 137
魔女谷:可作为秩序的呈堂证供 …………… 138

— 5 —

唐僧岩画：取经路上留下的画像 …………………………… 139
门隅三圣湖：让真相从阴影中析出 …………………………… 140
凌云台：伸手似乎可以触摸天堂 ……………………………… 141
千年沙棘林：一个宁静的世界 ………………………………… 142
煮白的轮回在茶树上更换着偏旁部首 ………………………… 143
挣脱了平仄的曲卓木温泉 ……………………………………… 144
卡达藏刀：用作坊的手艺解释了草原的鹰鸣 ………………… 145
错那木碗：使生命的口碑拔高了厚度 ………………………… 146
张国华将军前线指挥所旧址观感 ……………………………… 147
张贵荣烈士纪念碑：家国的情怀庞大而密集 ………………… 148
麻麻拉康：仓央嘉措的行宫 …………………………………… 150
浪坡杜鹃花海：让长满希望的行囊又奢侈了一回 …………… 151
麻麻新村：喧嚣与寂静为伍 …………………………………… 152
拿日雍措：干净的方言从湖面上向着天空飞升 ……………… 153

## 隆子篇

玉麦：一朵盛开在边关上的格桑花 …………………………… 157
藏历新年：从青稞穗的图腾上为春天装上知觉 ……………… 158
列麦精神纪念馆：充斥着奋斗不息的气息 …………………… 160
措嘎湖：水花的谶言 …………………………………………… 161
斗玉珞巴民族乡：让所有的难言之隐退走山林 ……………… 162
扎日藏白酒：析清遗落于骨节间的冷湿 ……………………… 163
热荣瑟尔空温泉：让裸体的放荡虚张几分 …………………… 164
扎日山：寂静之外的一段寂静 ………………………………… 165
扎日鸡血藤：可以替人世摁住沉疴 …………………………… 166
扎日高山茶的纯粹 ……………………………………………… 167
扎日竹器：把粒子的快门截成三叠 …………………………… 168
斗玉犀鸟茶 ……………………………………………………… 169
认知从黑青稞的深处开始进化 ………………………………… 170

— 6 —

| | |
|---|---|
| 晚秋 | 171 |
| 生活的荆棘 | 172 |
| 边关牧人:牧鞭卷动的人生 | 173 |
| 迷失在湛蓝的天空下 | 174 |

## 加查篇

| | |
|---|---|
| 盐泉:可以听出歌声之外的一段歌声 | 177 |
| 拉姆拉措:倒影正摇晃于来世 | 178 |
| 打铁石:被千锤百炼的原证 | 179 |
| 那玉河谷:陌生的语言在风中摇曳 | 180 |
| 崔久沟:让所有美妙的意境无限延伸 | 181 |
| 涅尔喀大瀑布:跌落成起伏的人生 | 182 |
| 坝乡原始森林:光影摇曳出诗意的浪漫 | 183 |
| 象牙泉:浇透人间的颤音 | 184 |
| 加查木碗:盛满了人间烟火的梨涡 | 185 |
| 千年核桃林:始终在盘点着夏天语言的色彩 | 186 |
| 布丹拉山:反复炼化这一词组的血肉 | 187 |
| 春天从湖面上的残冰中跃出 | 188 |
| 雨中遐想 | 189 |
| 沁园春•访仙缘 | 190 |

## 曲松篇

| | |
|---|---|
| 曲松陶艺:盘算平凡之物于伟大之事的细微认知 | 193 |
| 碉楼沉迷于自身的思考中 | 194 |
| 游曲松土林有感 | 195 |
| 于白玉沟原始森林观瀑布有感 | 196 |
| 雪莲花:能厘清香息和魔咒 | 197 |
| 布丹拉山:我身在其中而又置身事外 | 198 |

上方温泉:让人迷失于自我的辨别中 …………… 199
切措湖:出现在摇晃的红尘中 ………………… 200
色吾土林:以沉默肯定了阴暗以外的部分 …… 201
邱多江草原:不可言喻的柔软和辽阔 ………… 202
下洛湿地:湿润的文明 ………………………… 203
拉加里王宫遗址:处于时间轮转的边缘 ……… 204
井嘎塘古墓群:墓地深处有无人认领的回声 … 205
堆随洛村石窟:壁绘剥离尘世 ………………… 206
拉加里檊橹:适宜不同身体认可的尺度 ……… 207

## 桑日篇

沃卡达孜宗遗址:城墙上残存着金戈铁马的回声 …… 211
达古大峡谷(组诗) …………………………… 212
贡德林草原画像 ………………………………… 214
超高海拔葡萄酒:喝下去有对苦寒生活的依恋 …… 215
达古石锅:舌尖上的乡村 ……………………… 216
春耕节:土地上匍匐着一年的深耕 …………… 217
鲁定颇章:曾被反复叙述而仍被遗漏的陌生 … 218
沃德贡杰山:从不同的角度看同一座山 ……… 219
思金拉措:雪山颅骨里的天堂 ………………… 220
游达布风景区有感(组诗) …………………… 221
沃卡温泉:没有无法释怀的寒冷 ……………… 223
看马鹿随想 ……………………………………… 224
里龙风景区随笔 ………………………………… 225
入戏的草原:以绿色的釉料兑出牧鞭的意象 … 226

— 8 —

# 乃东篇

## 藏源山南：孕育最能接近光的人

怀抱圣洁，足以避世
雅鲁藏布江的涛声是压低尘埃的歌声
雪域是看得见的名词
晶莹之域，孕育最能接近光的人

这一次，雪莲花和哈达下的手茧
送来的不是洁白，而是洁白本身

高山上的湖泊是雪的化身
是透明的，可以照见人世间的
车流、谈论、婚嫁……并影射为历史

古寺和雪松一直都肃然
时有钟声入耳
不会受到惊吓
总让人把急促的呼吸慢慢放平

## 雅鲁藏布江：流经天空的河

画一条勾连天地的曲线
视野从高处开始无限延伸

你以自然的、舒展的姿态
奔走于洁白之上
于峡谷中
回响着你跨越时空的歌声

流经天空的河
将善恶一并接纳
并从涛声中提取方言的漩涡

## 雅拉香布雪山：有与肃穆异于寻常的柔软

雪顺着山势继续下
形势严峻，足以所有的语言回归
足以清白得以绵延
寒冷傍山高不言而喻
的确如此
你站立的高度和寒冷是成正比的

遇阳光，也会融化
露出山的本来面目
有与肃穆异于寻常的柔软

## 夜伴蜂声:从蜂鸣声中酝酿文化

名字来源于蜜蜂翅膀振动的声音
诚如,我们从风中辨识来路
在似是而非的人群中寻找原来的自己
而本质是蜂蜜
甜只是味觉上的插曲
雪域高原、藏红花、红景天……夹着
柔软的香息
喝下的人转瞬便翻涌着雅鲁藏布江的回音

有人用以解渴
有人用以养生
而养蜂人,正从蜂鸣声中酝酿文化
角度不同,忽视了对一个陌生人应做的提醒

注:夜伴蜂声,是西藏夜伴蜂声文化旅游发展有限公司开发的高端蜂蜜品牌,蜂场位于山南市乃东区结巴乡结巴村。

## 山南博物馆:收藏品对存在感的旁白

走进博物馆,此中
有一种模棱两可的辨识
如同处于两个不同的位面,找到
光阴断裂的钥匙
远方有雷声下的威力
收藏品对存在感的旁白
文化的意图,是
不可言传的
比如,在某些事物背面的光
仍有比喻,有需要忠诚的砝码

## 山南烈士陵园:和平与幸福的余荫

站在广场上的纪念碑下
石碑和碑文都缄口不语
平凡和伟大那么相似,都暗藏波涛
并替整座陵园收集庄严

走进陈列馆,肃穆的空气摈弃所有的随意之心
像摈弃我们突兀的胸腔
以及摈弃来自胸腔中的摇晃不定
陈列的遗物不会说话
也不自定义
仅从老旧的褶皱里,有新事物在飞奔:
和平与幸福的余荫

# 克松村:西藏民主改革第一村

宽阔的大道、广场及藏式民居……
从衍生的词语里,释放出自由
而广场上的雕塑,无限靠近某首曲子
藏家小院门前到处都有一段欲说还休的花事
陈列馆上的"苦难、新生、幸福",正平分整个春天
走进村里,于绿意里晃动的克松村
仿佛是一个古老却重新焕发青春的剧目

注:克松村,位于山南市乃东区昌珠镇,西藏民主改革以前为克松庄园。因其是西藏第一个进行民主改革的村庄,建立了西藏发展历程中第一个农村基层党支部、第一个农民协会、第一个人民公社等,故被誉为"西藏民主改革第一村"。

# 泽帖尔:有值得纪念的触感

山南纺品
无限靠近历史
无限靠近某段情结
从羊毛线的经纬线上
可以接上唐朝,接上文成公主
而如今,从我们身体穿出的柔软的错觉中
类似某种值得纪念的触感

注:"泽"是泽当镇的简称,"帖"是藏语音译"帖玛"的简称,意为"毛哗叽",故"泽帖尔"也就是泽当的毛哗叽纺织产品。

# 斯斯沟：城市之外的答案

一切都来得如此自然
飞鸟掠过，白云轻
藏喜鹊、高原斑鸠、红嘴山鸦、牛羊……
各自相安无事
群山缓慢，交出对紧迫感的厌倦
溪流对身世浮沉作出举例

斯斯沟不会说出一座城市之外的答案
比如，高于写字楼的事
穿行于车水马龙的青春
偶尔，从投食鸟儿的眼神里
因为会心一笑，找到这个世界繁杂之外的边际

## 援藏干部：为新词语的出现打开豁口

来时，你的足迹
在喜马拉雅的怀抱中留下
离开后，希望的种子
已在荒芜的土地上抽出知识的新芽

在长风吹过的草原上
你用生命的笔尖
续写汉藏情深新的历史佳话
用高原反应制成音乐
于我们心中栖息
并为新词语的出现打开豁口

# 扎西雪巴藏戏:用舞姿汇成词语的海洋

"唉哈哈哈"
唐东杰布满意的笑声
于节奏中,释放出无限激情

黄面具舞者
从扎西桥舞出六百年的画卷
用舞姿汇成词语的海洋

细节随鼓点继续落下
我的思绪也随其不停反转
就像一入江湖
那些鲠在喉咙的流言就滑入斜坡

注:唐东杰布,明代高僧,著名建筑师,藏戏创始人。
　　扎西雪巴藏戏,是西藏黄面具藏戏的杰出代表之一。
　　扎西桥,相传是唐东杰布为方便村民去周边地区表演扎西雪巴藏戏所修建。

## 贡布日山：登一种向上的渴望

山有三峰，有洞道相连
一不小心，便成了洞洞相传
信山登山，大抵都是在登一种向上的渴望
至于山，不会预言什么，而人可以
就如
于纸上画公主，心藏白马
一说起寺庙，便成了素食主义者

## 雍布拉康：宫殿的诗意

你立于高处
用石头、木头与泥土
共同支撑起宫殿的诗意

当你抬头与天空对视时
那些岁月留在你身上的吻痕
便会趁你回忆往事的间隙
逸散出几声赞普的叹息

山上是神的居所
山下是人的乐园
夕阳递出一面斑驳的镜子
把过去和现在映照得泾渭分明

### 登上黄鹤楼的山南少年

以游客的身份,在五月造访
造访鹤影及从楼顶滑落的词语
以便于心中
对教科书上的词条重新作出定义

奔腾而过的长江里
浪花朵朵
每一朵都对应着
一个旅者心中的一片浮萍

## 夜雨:天空的叹息

滴答的雨声
唤醒沉睡的灵魂
带着一丝柔情的醉意
在小巷的路灯下与夜雨相拥

夜雨缠绵,淋湿了街头的忧郁
孤独与宁静并存
无声的词语里,有落在心头的柔软

# 琼结篇

## 达娃卓玛：一个美丽的名字

有些残破了
我站在你名字下面
企图捋清歌声和祈祷
达娃卓玛，一个美丽的名字
你的姓氏摇晃于万民和纸张之间

走进故居，宁静
——其实宁静早于我一缕阳光抵达
是的，光辉跨过雪山和凉意
落在故居的门楣上
并藏着爱、祥慈、光明和发芽的春天

注："达娃"藏语的意思是"月亮"，"卓玛"指仙女，意为月亮上的仙子。琼结达娃卓玛，因其与仓央嘉措有着一段佳话而广为人知。达娃卓玛故居，位于琼结县青瓦达孜山下雪村。

## 琼结水晶玉石:精彩都出于沉默的词语背后

谈到玉,可以谈到柔软的心
谈到被反复提及的阳光和母亲
当看到琼结玉
来自具有晶质的硬
想到地壳变迁
想到雅鲁藏布江下的洗礼
世事如此
不可能玉石一开始就是玉石
不可能一开始就玲珑
所有的精彩都出于沉默的词语背后
比如一个干净的早晨,总出于露珠的泪水过后

## 琼结石碑:保持安息般的冷静

起于石头,石头也是一块文明
用过石器的和走过吐蕃的,名字都在历史书中安居
金黄的碑文为功德着色
碑上的图腾,比如龙、莲花
互为见证,互为抽象的悬念

至于石碑上的月亮和太阳,以圆缺肯定了世事无常

石碑不会说话,保持安息般的冷静
及不被提及的历史性


注:琼结石碑有两座,一座为赤德松赞墓碑,另一座为赤德松赞记功碑,均为吐蕃时期的石碑,位于琼结县藏王陵墓穆日山陵区。

## 观强钦庄园随笔

保留完整的"回形"
以至很少有人会厘清个中曲直
就像庄园顶上落下的光
就是光,并不打算解释什么

长廊曲折,是串联整个庄园的路径
顺着走下去,你不知道下一个停顿会把你带到哪里
正如,它不会附和我心中那些肤浅的认知

## 强吉青稞酒

你的名字同文成公主
一样久远
青稞粒与历史一同发酵
至于发酵,同样适合生活
比如
青稞上的软刺,是否
还残留昨夜的雷声
醉酒者的罪己书……

而发出声音是一种情况
发酵的过程又是另一种情况

有时候,有些陌生的事物会产生关联
就像
温火和陶罐会产生甘醇
地锅和青稞会溢出香息
是的,我们总是在互不干扰的词语之间两全其美

## 德吉林卡的回应

意为幸福的园林
足以避暑,足以避世
青草从石缝里长出绿意,离尘埃,近山水
走在其中,整座园林都会作出回应:
鸟语、花香、杨树……
此时,我便成了一个单调生活的背叛者

罗汉树古老繁茂,树腰宽粗
接受了宽于现实的冷静

四周有围墙,围墙上有枪口
透过枪口看去,仿佛可以看到我们没有发现的东西

注:德吉林卡,藏语里意为"幸福的园林",是五世达赖阿旺洛桑嘉措幼时的消夏林苑,位于琼结县白松村。

## 琼结雪村传递着时代的回音

　　以前是琼结宗的附属产物,而现在不是
　　对于上层建筑的供给,仅仅平衡一段时代喜恶
　　对于一座寺庙、一个宗址和一个雪村,它们的名字都于纸上安居

　　雪村也不会交出答案
　　正如村巷上被磨光的石板路,忍耐了所有被踏上去的事实
　　古树和屋顶上的经幡保持一如既往的冷静
　　保持对一个村庄的见证
　　偶有马匹经过
　　而马铃声以古朴,传递着时代的回音

## 琼果河国家湿地公园：桀骜而祥和

之于雪山、圣湖、寺庙
琼果河公园来得更有绿意，更蓬勃
鸟儿自由飞翔，自由和飞翔就是信仰
花草树木招摇，琼果河水滋润，桀骜而祥和
岩羊奔跑，无关世事者也无关未来
各种角色扮演，像一台戏
但无需甩袖、拿腔及郁郁地抽泣

## 旅居强吉林卡村：把梦照进现实

鸟啼虫鸣、树影婆娑、芳草萋萋，内中
藏有童话

柳树高大遒劲，生活的签证
藏在一圈圈的纹轮中

村顶有阳光，灶炉有薪火
都藏有火苗
替整个村庄收集温暖

旅居一宿，梦中有牧鞭上的夕阳
有泉水上的藏歌
虫鸣的肖像
而额头上宁静
正把梦照进现实

## 游青瓦达孜古堡有感

青瓦达孜山上的一座建筑
透过城墙石砖上的缝隙
我看到了铜币上的脉压,和
金戈铁马的统一性

恍惚觉得
有时候,文明的进阶来自一座房子
不论是石屋、土墙屋还是茅草屋
都可能是新思路的倡导者

至于青瓦达孜古堡比邻的摩崖像
缄默不言
那么多词语修辞,深深地陷在那里

## 卡卓扎西宾顿藏戏：唱腔始终保持劳作的尺度

鼓、钹先于剧目发声
入耳间，送来对生活折中的预知
比如，老者长寿，幼者无礼

白面具之下
戏词，雕着花纹

眼神投向天空
仿佛，要把某些祝福或是叙述送到手伸不到的地方

唱腔始终保持劳作的尺度
听上去很疼，但踏实
就如，青稞花穗下的手茧
送来的不是鲜艳，而是鲜艳本身


注：卡卓扎西宾顿，藏语音译，一种戴白面具的藏戏，发源于琼结县宾顿村。

# 久河卓舞：最古老的腰鼓舞

刚劲是主要的特点
可以穿透纸上玫瑰的所有定义
舞姿豪迈，似乎可以
从举手投足的弧线中
找到一段抽象浪涛
落在哪里
便完成一次光与黑夜的冲撞

注：卓舞，是西藏琼结县传统舞蹈，被称为西藏的"腰鼓舞"。

## 观日吾德庆寺有感

氧气有限，目光先于我抵达山腰
脚下光洁的石阶正流动着香火
偶有鸟儿飞过，飞过
是的，无关世事者不会在乎天堂

寺院分冬宫、夏宫，有主殿、经堂、藏书殿等
有接纳所有抵达者的耐心

## 游雅投红色印象农业生态园有感

相对于扑面而来的绿意
我只是一个俗不可耐的人
相对于黄瓜、茄子、西瓜、辣椒……
我是一个贪腹主义者
相对于泥草味道
我是一个画外人，某些
没被提及的情愫正于泥土里长出胚芽
远处看到大片的西红柿，正带来
安静的绿和火热的心
出于对食物的尊重，顺藤而上
摸到的不仅是瓜，还有生活的原味

泥土松软，几十种果蔬的香息奔涌而来
每一缕都是一本有机的教科书

## 赤德松赞墓碑:残存的碑文里有新的坐标

龙飞、蛇舞、莲花座……
是对逝者的尊重
而考古学家正从残存的碑文里发掘新的坐标
有人说:可以直通唐朝
有人说:卒于下午9点
我看在眼里,不敢说话
保留对世事静观其变的怪癖

## 奴玛泉水:空隙衍生词语

可饮、可浴、可疗养
许多事情都可以用泉水命名

叮咚声——
空隙衍生词语
企图用一声唤醒另一声,或者
把自己丢回过去

泉水流动,上面的水捻转经筒
经筒是空的,无法交出命签

## 藏王墓:静默在岁月深处

在丕惹山的怀抱中
曾经的王和他建立的王朝
都已静默在岁月深处

巨大的功德碑
像一把无形的剑
割开了沉寂的时光
将古人的英勇与信仰
铭刻成时代的挽歌

每一寸封土都有自己的故事
或是赞普的歌声
或是大臣的忠言
抑或王妃的细语
太多的遗憾与荣耀
都已跟随历史的篇章
合上了沉重的书页

注:藏王墓,位于山南琼结县城河南侧,是吐蕃第 29 代赞普至第 40 代(末代)赞普、大臣及王妃的墓葬群。
丕惹山,藏语音译,意为增长之山。

# 扎囊篇

## 扎囊沙漠:神奇的世界

之于雪山的白,扎囊沙漠来得更广阔、松软
其实,每个人的心中都驻留一座沙洲
可以种花、种树,从中拾取卵石的歌声

沙粒与沙粒之间那么相像
每一粒细节都对应着一桩人间琐事
铺开来
足以画下你心中想要的图案

## 望果节:围绕丰收田野的歌舞

戴哈达、穿盛装、行歌舞
每一个桥段都有音乐之外的意义
比如把青稞、小旗插上谷仓或神龛
节日所有的祷词,都
落向泥土
像安置一个春天,并从中开出花来
节中还有赛马、马术、角力、射箭等节目
无关胜败,都是落向人间的欣喜

注:藏语"望果节"中的"望",意为"田地","果"为"转圆圈","望果节"即"围绕丰收田野的歌舞",是西藏农区乡村最热闹的节日之一。

## 玉布陶瓷坊：来自泥土而又高于泥土

来自泥土而又高于泥土
陶罐适合装酒，同样适合存放记忆
比如酒后的匪性
最主要的是能够装下生活中的原味，不让其变质
像在心中画下故乡
过程极其复杂
首先是选土，并淘洗杂质
像把我心中的病，从羸弱的身体里救出
至于制模、定胚、着色……
都是插曲
关键在于烧制时火候的平衡
像我们左脚天堂，右脚地狱

## 游朗赛岭庄园有感

高七层,有一种颓败的娇贵
当然,所有的尺度浓缩成了历史书上的比例
于我——一个后来者而言
园墙上的每一块墙砖
都是一截时代之恶的疖瘤
比如
四周护城河围拢而来的封建性
侧门有吊桥,彰显曾进退有度的捷径
除主殿外,望楼、石阶及石阶两侧递过来的扶手
都是人间琐事


注:朗赛岭庄园,是西藏历史上最早的庄园,位于山南市扎囊县境内。主楼用土石筑成,有双重围墙。"朗赛岭"为藏语音译,意为"多闻天王之地"的意思。

## 扎囊虱雕：让原像从刻刀的划痕里找到来路

起源于用一颗青稞刻成虱子
技巧是重要的
比如雕成狮子或人，都具有王者之心
抑或窗棂上的窗花
飞檐上的凤舞，都是
一段沸腾的启示录
至于抛光、着色、绘制，都是为
那些镂空的旧事装上
新的知觉
适用于楼舍、家具……及歌楼或寺院上的牌坊
让原像从刻刀的划痕里找到来路

## 藏草基地：从种子里抽出不曾谋面的新意

探索花、草、木的植物性，并从
高原反应的种子抽出不曾谋面的新意
比如玫瑰花上抽象的爱情
曼陀罗都是毒，宣示着生人勿近
但能遏制寒潮袭来的阵痛
板蓝根可以治愈
来自族谱深处老祖宗传来的咳嗽
至于银杏树上飘落的黄叶，可制成标本
也可和你平分一段秋色
还有很多，比如波斯菊、丁香、天人菊……
研究成词语，同样适合乐师、婚葬及药堂上的牌坊

## 藏家民居：以"回"形的风水占卜历史

农居旧院，以"回"形的风水占卜历史
无需牌坊，仅从檐口的雀巢掏出片羽，就是一个春秋
庭院中，被磨光的石板越来越接近一颗平凡的心
打个比方：
在高于38层的写字楼上手握星辰，和在一间茅草屋的稿纸上画下瘦马
哪个更接近真相？

当然，藏家院儿不会说出答案
只是从偶入偏门的我，找到一捆柴薪的爻词

## 珠敏林藏香：可以抽出身体里唐突的一面

出身寺庙，又走在佛法之外
适用百家姓及姓氏上落下的每一个偏旁、部首
诚如可以
清除祠堂门楣上的腐败味
可以提神，抽出身体里唐突的一面
可以辟邪除垢，于香息和诅咒之间，让
虚影从本体中析出……

## 桑耶景区:一段尘封的旅程

我站在你名字的左侧
企图辨识藏、汉语的玄机
雄伟的殿体俯视而来
似乎能分辨出左手的罪责

行走在大殿里
有缘人似乎走掉了缘分的理由

雕像总是沉默
神态端庄有度
仿佛对所有事物了然于胸

存想和无边是你另外的名字
此时,有诵经声掠过
香息入鼻
也不打算控制和解释什么

注:桑耶寺素有"西藏第一寺院"之称,亦被称为"三样寺",位于扎囊县雅鲁藏布江北岸的桑耶镇。桑耶寺的藏文意为"无边寺""存想寺"或"超出想象寺院"。

## 松卡石塔的禅意

整石雕刻,高数米
身具佛性,总是置身红尘之外

我只是一个旁观者
摩崖造像之下
有落下来的经声
始终无法辨识自身的慧根

雕像的纹理严实有度
带有不被怀疑的预感
仿佛在无声地诉说
新人自有来路,苦难去向已明

## 扎央宗溶洞：以沉默，唤出你心中被忽略的名字

抵达溶洞下的山谷
有流水、刺桃、野玫瑰
而掩映其中的修行屋，不曾料到它会存在如此长久

途经一座小庙，顺山路攀登
山路崎岖，所有个中曲直都隐于林中
就像我们划船
水能载舟是一回事
而覆舟却是另外一回事

溶洞位于悬崖之上，抵达前要攀爬一段天梯
仿佛踏上一级，那些悬空的旧事就会少一桩

经过一排排转经筒，进入溶洞，需戴矿灯
里面山石形态各异
以沉默，唤出你心中被忽略的名字

## 措姆湖:湖光诗影

在碧绿与深蓝之间
是湖的一生
一些来不及解读的悲喜
有湖面的平静
也有湖底的暗流涌动

"水不在深,有龙则灵"
你映照着天空与星
继续接纳着万物的影子
让每一道影子都从原像中析出
并了然于心

注:措姆湖,桑耶景区附属景点之一,是横渡雅鲁藏布江后从松卡五白塔至桑耶寺必经之地。传说在修建桑耶寺的过程中木料用尽后,有龙自措姆湖而出,献上了木料和黄金。

## 哈布山:人生之镜

山,独立于世,不语
智慧,深藏其中

攀登者,在岩石的裂缝中喘气
脚印刻在石上
呼吸与心跳共舞

一只手从山峰的尽头
攀上云端的边缘
仿佛一伸手便抓住一段预言
飞鸟已遥,浮云安在?


注:哈布山,西藏四大名山(拉萨药王山、泽当贡布山、贡嘎甲桑秋沃山、扎囊哈布山)之一,位于桑耶寺东面,形如一头大象。"哈布"藏语意为喘气,因登山时喘气费劲,故而得名。

## 青稞飘香的季节

秋天的青稞穗
模仿着阿爸春播时的模样
面对土地谦卑地弯着腰

穿上婚纱的新娘
与偷喝青稞酒的孩童
从心里溢出麦黄的速度

年迈的阿妈坐在田埂上
和着麦浪、鸟鸣、微风……
宁静地
成为一段秋色的聆听者

## 落 叶

你曾站在青山的肩头
挽着白云起舞
我曾夹杂在叶与叶之间
来一场俗人的坐禅
如今秋风推开季节的门
门内有黄叶
门外是夏花
它们不陌生
也不熟悉

# 贡嘎篇

## 羊卓雍措：始终保持高处的平静

被命名为湖，被晶蓝的色泽波纹推动
一波又一波，远离
歌声、装订线及高过写字楼的往事
重塑自身的源头

始终保持高处的平静
观光者是沙鸭、黄鸭、灰鸭，它们
从荡漾的波纹里
探究平衡、纹理、曲谱的音阶

外来者是我和牛羊，湖水
默许了被我们惊动的平静
高山能够识别并回响的平静

## 昌果沟文化遗址:文明是陶片上人字皲裂的扩张

在这里可以复古
可以从陶片的旋纹里找到原始的回音

遗址的长度和花木
无法提供人类进阶的答案
在它们心中
被遗落的新事物在飞奔

是的,新石器时代已是旧事
当它意识到被称为见证
就编出新的语言:文明是陶片上人字皲裂的扩张


注:贡嘎县昌果沟文化遗址,属于新石器时代遗址,距今约3500年。经过对遗址边缘试掘,获得了磨制石器、细石器和打制石器标本300余件及大量陶片。陶片中可辨器形有侈口圈足碗、侈口罐、镂孔窝柄器等,陶器纹饰有网纹、弦纹、短线纹、圆圈纹、圆点纹、人字纹、十字纹等。

## 杰德秀古镇:旧砖旧瓦在新词语里继续剥落

古院、古桥、古路,旧手工艺
随交往的人流散发出新意
置身其中,你是一个过去的未来者
或者,是自身与现实的落差

旧砖旧瓦在新词语里继续剥落,而我
总在其中转向
巷子纵横交错,很长
长过寂寥的需要

门楣有朝南的,朝北的……
对每个进门的人来说
都是一次旧事的模拟
在这一瞬间打破结界、束缚和构架

# 日托寺：孤独具有突兀性

一湖、一岛、一寺、一僧
意思是：孤独具有突兀性
比如
一湖是思想，平复了所有喧哗
一岛光秃秃的，无需象征、隐喻
一寺落满香尘，涤去红尘的污垢
一僧渡自己，赎人

而我和候鸟只是过客
疏忽了一座寺庙作出的启示

注：日托寺，位于羊卓雍措北岸的一座半岛上，因岛上只有一座寺庙和一名僧人阿旺平措驻守修行，故被网友称为"世界上最孤独的寺庙"。以"一湖、一岛、一寺、一僧"著称的旅游网红打卡地。

## 杰德秀湿地发芽的春天

是的,气候温润,群鸟越冬
气候得宜
有人正在纸上画山水
有人牧马南山
有人心怀八匹锦绣
水草肯定是丰茂的
有水光、草和泥土的香息

我是那个听鸟鸣的人
也是入侵者
感同身受,心中长出
爱、和谐、包容和发芽的春天

## 杰德秀曲直木雕:让刻刀的歌声成为撺掇者

可雕成大床
为安息之物装上花纹
抑或于拐杖上刻上龙形
扶者蹒跚,龙代替他散步
至于雕成门窗和橱柜
前者让关闭或发散的句子从视觉中抽出新意
后者仅能储存人间小事

首先是选料,再是构思,个中曲直
让刻刀的歌声成为撺掇者

## 杰德秀邦典:在斑斓的空隙产生新的词语

古老编织技艺下的围裙、围巾或披风
——适合饰体
——适合还原生活

给它羊毛、剪刀、美丽的色彩
而叙述它们一生的是藏族妇女的歌声
歌词很长,长过寂寥的需要
色彩多样,有青色、蓝色、红色……
斑斓的空隙产生新的词语,并送入祖国深处


注:邦典,藏语意思是"围裙",是藏族妇女民族服装上的一种彩色围腰,也是藏族妇女喜爱系在腰间的装饰品。

## 刘琼村：以冷静，接受了来过或离去的人

千年古村
古道散发着苍凉的苦味
泉水无声地流淌
以冷静，接受了来过或离去的人
于古桃树下休憩，有凉意，仿佛
从枝叶余荫垂落的光斑里看到我们的前世

同古村一起留下来的还有卓舞、马术……
现代人的演绎为旧村庄做标记
从举手投足的间隙中，我似乎发现了什么
一种陌生的渴望

## 达瓦锻铜工艺:让人像或器物更加凝实

金黄之物总处于高贵和平凡之间
就像广场上的铜像和制铜像的人
达瓦的工艺是精湛的
可以浇筑金身
同时,也可以打造瓢盆
让人像或器物更加凝实
以便在说明书中附上功德
种目多,用途广
比如铜锣
适合打更,也适合婚葬

## 眺望多吉扎寺

依山,傍水
有舟可入,水面可看到自己的影像
触手而不可得
山势雄伟陡峭,它与
寺庙的关联一直未有定论

至于石板路、红白墙体是表象
寺内,法座沉默祥和
偶有钟声掠过
当第三次入耳时
雅鲁藏布江的涛声
恰好送来不被复诉的旧事

## 飞鸟掠过希楞柱上的天空

殿体雄实,同时
和它的名字一样悠久
遗址保留原样
可以还原一种陌生的平静

宫殿、雕像不会说话
仅从略显斑驳的痕迹里
发出语言
殿前的希楞柱带有毋庸置疑的坚挺
直指天空,我察觉到
仿佛有种捉摸不透的渴望

空中
有鸟飞过,只是飞过
对朝拜者和诵经声
不予置评

注:希楞柱是藏族传统建筑中一种独特的柱子形式,常见于藏传佛教寺庙和庄严殿堂。

## 贡嘎机场：逐梦高原的起点

机舱外的斜梯，撵着四季的脚步
催促着青春，骑马穿云而过

舷窗外有星辰、大海和希望的灯火
光芒四射的航班，在高原的清晨抵达

云端的彼岸
一定还有未知的蓝天
有谵妄的浮云
以及被悬空的旧事

## 温泉里的自画像

泉水如同喷涌的血液
足以唤醒每一个沉睡的梦

在温泉的镜像中
笔触舞动出抽象的线条
涂抹出灵魂的色彩

心跳声在热浪中回响
那首未曾写完的诗
和池底的我一样裸露

## 甜茶馆里的老照片

挂在这里,与挂在那里
都注定是一场没有本体的本体论
方寸之间,足以破译一个时代的基因密码

所见,即所见
自由只在镣铐之下
连黑白相间的历史记忆
都透着沉重与卑微

至于所思、所想,以及所言
无意间地记起,抑或刻意地遗忘
正与反,好与坏,我都不会反驳
因为,香甜的时代里
无人恰似我

# 浪卡子篇

# 三大圣湖之一：羊卓雍措的魅力

远山在近水里舞动
一连串辞藻斑斓的故事
从素颜的湖面上荡漾而出

蛊惑藏匿在湖光山色中
用云彩与泥沙勾勒着静美
你一直都在，而我
已是第一百零一次路过
每一次窥探与仰望，都是我最深的爱意

注：羊卓雍措，简称羊湖，与纳木措、玛旁雍措并称西藏三大圣湖，是国家 AAAA 级旅游风景区。藏语中，"羊"指"上面"，"卓"指"牧区"，"雍"指"碧玉"，"措"是"湖"，连起来意为"牧区上面的碧玉湖"。

## 普莫雍措：女儿湖的笑容

晨曦的风
裹挟着轻纱般的温柔
轻轻地拂过湖面
拂过山的轮廓

水映天空
波涛荡漾成生命的呼吸
你的笑容如晨光初现
足以照亮，每一个孤寂的灵魂


注：藏语中，普莫雍措，"普莫"意为"小姑娘"，"雍措"意为"像碧玉一般的湖泊"，因此普莫雍措被人们称为"少女湖""女儿湖"。普莫雍措有着世界海拔最高、中国最大的蓝冰湖美誉，也被称之为"中国的贝加尔湖"。

## 阿扎金银:时间的艺术

风箱抽动着金银的命运
于炉火中,锻造三餐四季

自然与人工的交织
诞生的,是传世的工艺与审美
和画布之上的抽象画

每一件首饰,都是草原上的星星
明灭收放之间,都对应着一桩人间琐事

## 宁金康桑雪山:风中吟唱着我告白的诗篇

雾的薄纱将你轻轻笼罩
少女的心事轻颤
有未经世事的简单

雪地中,有我留下的脚步
那是我于亵渎中,写给你告白的诗篇
我想在你身旁:
听风吟唱,看雪花飘扬,仅此而已

## 恰央措：荡漾着爱情的影子

遇见你的那一刻
时间静止
微光与涟漪
都是你眼眸中的柔情

我爱你，爱你的淡雅如莲
爱你生命中的每一片蓝
也爱你心中，我永远无法抵达的岸

泪水滴落湖中，你的影子
在水底摇曳成一个爱情的寓言
心事在此刻与星辰共舞
落入人间时
有光
——及点亮被尘封的绝大部分记忆

## 岗布沟：每一步都是对大自然的敬仰

湖水倒映着岁月的痕迹
瀑布舞动在岩石之间
寺院静立，不问尘烟，只是独自守望

小河里有不断飞溅出来的故事
落在从谷底向山顶延伸的阶梯上
于尘世之外，攀爬成一个又一个向上的人生

## 藏木觉千年古柏：池塘是你的镜子

一汪娇弱的池塘里
古柏的影子被不断地拉长
任凭风摇晃着岁月
于古柏而言,风只是摇晃
也抓不住存在的线索

有露珠,不堪历史的重负
落下,激起一池微澜
在古柏的沉默中
传出深沉而悠长的回声

## 桑顶寺：宏大与细腻并存的美

朝阳从宇宙的尽头升起
古寺在草原的怀抱中醒来
钟声，又一次穿过时间的尘埃

一座由女性创建的寺庙
在晨光中折射出禅意的美学
她们的心跳，与砖石和木头的呼吸相融

女性的智慧和力量
在光与影的交汇处升腾
从石板路上，延伸出宏大与细腻并存的美


注：桑顶寺，属藏传佛教博东派，至今已有580多年历史，是西藏唯一由女活佛任主持的寺庙。

## 千年柏树王:目光永远在宇宙尽头的边缘游走

出生,成长,向着蓝天伸展
苍翠被晨曦与黄昏、风霜与雨雪,反复浸泡
于荒野中燃烧成绿色的火焰

不与群树争艳,做个孤傲守望者
已保持哲人的视角上千年
目光永远在宇宙尽头的边缘游走

## 江塘孔丝:拥抱语言无法触及的秘密

缥缈的月色下
音符从口弦上跌落风中
在嘴角上扬的弧度上
缠绕出心跳的节奏

爱的回应热烈
有深情从眸光中溢出
于时空的边界荡漾成爱情

语言无法触及的秘密
在羞于表达的夜晚
跟随一抹调皮的月光钻进了姑娘的帐篷里


注:江塘孔丝,即普玛江塘孔丝(口弦),是一种普玛江塘特有的民间音乐。其乐器由当地生长的一种短小的竹子做成,吹奏方式独特。

# 羊卓服饰：汉藏交织的艺术

汉藏的工艺，在一针一线中交融
于服饰上演绎出独特的和谐

文成公主的名字
又一次跟随流动的色彩，行走的艺术
出现在时间的织布机上

穿衣者与衣物，都开始在遮蔽与保暖之外
承载历史的厚重和现代的活力

注：羊卓服饰中方格腰带的编织法叫"甲达"，是藏语音译，意为汉编法，相传是唐朝文成公主进藏后流传下来的。

## 遇见微醺的打隆古镇

老虎漫步在石板路上
元世祖册封羊卓万户长——阿伦的诏书
与消失的森林一起沉默在古井之中

灯火阑珊处,有酒香溢出
微醺的人,望着微醺的古镇与历史对话

彩虹倒扣成七色的碗
适合盛装一件人间大事
同样适合盛放历史

## 岗布冰川(40冰川):界碑上的雄鹰

鹰,从天空俯冲而下
落在中国与不丹边境第40号界碑上
锐利的目光越过国境线
寻找着未知的答案

山谷里回荡着你的歌声
雪白成了时间的图圄
梦想寒冷,而飞羽茂盛

注:岗布冰川,又名措嘉冰川,海拔约5300米,位于西藏山南地区浪卡子县卓木拉日康雪山的北坡山脚下,因为毗邻中国与不丹边界的第40号界碑而得名为40冰川。

## 普玛江塘：世界上海拔最高的行政乡

"世界之巅"的石碑
在一个名为"普玛江塘"的地方矗立
5373米,于天际边缘到达生命的巅峰

牦牛奔腾出人间的烟火
我从被天际线切割的苍穹下走过
每一个脚印都带着乡愁


注：普玛江塘乡,平均海拔5373米,是世界上海拔最高的行政乡。乡政府门口矗立着一块石碑,刻着"世界之巅普玛江塘,海拔5373米"。

## 马蹄岛：天马遗落人间的铁蹄

独行于孤舟之上
奔腾在晨曦之间
你的影子在黄昏中
成了爱情的隐喻

于羊卓雍措的最南端，安眠
你没有为自己留下只言片语
坊间的传说
又开始从风中翻出铁蹄的声音

山与湖，人与马，爱与诗
天马在我为你写下的传记中嘶鸣

## 色多鸟岛:穿越生命的樊笼

春天,你从岛屿的心脏脉动
越过生与死的界限
飞往自由的天空

所有的叙述都扑向浪涛
被反复冲撞的词语
隆起,破碎
对于屹立的肯定
岛屿有它更完美的表达方式

## 嘎玛林草原:温暖的日子

挥舞的牧鞭
驱赶着高原从睡梦中醒来
同时醒来的还有
草色中的虫鸣、摇晃的脚印,及
迥异于大海的喜悦

由远而近的哞咩声中
夹带着马蹄哒哒
思念的灯盏
又一次点亮了暮色里的黑帐篷

此时无法概述理论
被落日喝下的炊烟就是理论

# 甘扎温泉：淬炼生命的坚韧

一片炽热的秘密
在经受住地火的考验后
从岩缝中奔涌而出

泉水触体
于是，许多旧事便活泛起来：
一段京剧的高潮
表妹的婚期
一片烂尾楼的谢幕词
而泉水
总是保持炙热的火候
保持对冷寂事物的对立中

注：甘扎温泉，又叫曲增温泉，位于山南市浪卡子县伦布雪乡曲增村，水温可达60℃左右。

## 卡热桃花:候鸟飞向高处的跳板

桃林开始复辟整个春天
每一朵桃花上都缠着一阕艳词

比如
心中藏着秘密的姑娘
一段藏戏的唱腔
一场关于二月的花事……

而刚抽出的新枝,正好成为
一只候鸟飞向高处的跳板

## 曲括子藏戏：生活的概述

黑色面具下的情感深沉如海
跳跃、腾挪、旋转……
每一个动作，都是对生活的概述
就像每一次甩袖都是落入纸上的标点

戏如一面镜子
让虚幻从真实中抽离
不逼真
也不陌生


注：曲括子藏戏，起源于山南市浪卡子县相达村，属于藏戏中少有的黑面具流派。

# 洛扎篇

## 拉郊乡:全中国人口最少的乡

人少而物稀,藏于林,边防重镇
雪是常见之物,为整个乡村清肝明目
山中有熊豹出入,像于纸上写下跳跃的动词

适逢六月,满山杜鹃便成了夹道欢迎的招牌
偶有鸟鸣、泉声入耳
只需片语
葱茏自会入腑

## 卡久景区:尘世之外的风景

一袭披巾,点爆了卡久寺的外核
浩瀚的密度,越发成熟
庄严、肃穆、祥和
檐角下的铃铎,同日月干杯
流动的酡红,醉人的幽香,誊抄为合同范本
秋风起
森林中的鸟鸣淹没了低音或高音
对围栏的望闻问切
又让棕尾虹雉,成了天空之城中的
居民、常客、熟人


注:卡久景区,是以卡久寺为中心,包括卡久寺以及周围的森林峡谷在内的国家AA级风景名胜区,位于山南市洛扎县拉康镇。卡久景区因云雾缭绕而被称之为"天空之城",加上经常出现在这里的尼泊尔国鸟——九色鸟(学名棕尾虹雉),卡久景区成了洛扎县近年来除朱措白玛林湖外最为出名的网红景点。

## 洛扎摩崖石刻:剥落的颜料裹挟着结盟的誓言

你始终站在夕阳和黄昏之间
反复吮吸着六字真言
卷起的朦胧,在随笔中发酵
你编织的晶乳,又逼近了三分
剥落的颜料
裹挟着赞普与得乌穷家族的盟誓
一地碎影蹒跚
破茧成蝶的陶俑,宠辱不惊
用,北朝的瓦刀,砌一座没有围墙的
艺术馆

注:赞普与得乌穷家族的盟誓,是洛扎摩崖石刻的内容,是吐蕃赞普在盟誓中声明将要颁赏给得乌穷家族的特权。

## 谢翁温泉:托起了一个灵魂的独白

佛珠如天女散花
在荒芜的钨丝的禁域上
有了清晰的初胎
让一片废墟
托起了一个灵魂的独白
让文字的真草隶篆
打湿了灌木的翅膀
让那情愫暗生的湖汐
洒一滴露珠,沸腾了一片道场
也让涟漪的褶皱
把冰心拆成了两瓣


注:据说莲花生大士把自己的108颗佛珠抛向空中,当这些佛珠落地之后便形成了108处泉眼。
　　相传谢翁温泉是莲花生大士在西藏各地弘扬佛法时加持所形成的三处温泉之一。

# 拉普温泉:让幸福沸腾

奇迹,生活中无处不在
缘分的粮草,馈赠的是四季的人格
次仁欧珠
被笔墨来回提按着
绝望中的堤坝,蜷缩在拉普的泉眼前
尘埃的旧渍
雪花已忽略不计
偶然,早被黄道吉日翻煮了一遍
寻人启事的心结
淹没在,粗茶、布料、盐巴的皮囊中
圣水,让幸福沸腾

注:次仁欧珠,山南市洛扎县人,其妻子泡拉普温泉治好肺疾、父子三人重修拉普温泉的传奇故事曾被省级报刊报道,从而推动了拉普温泉的开发利用。

# 洛扎古碉楼观感

碉楼,一河四沟
夯土的完整性,更偏爱平民的酥油灯
用油画的诚实,来诠释
水墨丹青的桀骜。时间的墙壁上
灯笼一次次磕掉了刮痧的牛角梳
又一次次让琵琶铜锣涂满了青稞的根须
庙宇中的经卷,碾碎了
林芝上的薄冰


注:一河四沟,指山南市洛扎县的地理构成:"一河"就是穿城而过的河流——洛扎雄曲;"四沟"则是山间河流冲刷出的四条沟谷,即色沟、边巴沟、门当沟和拉郊沟。碉楼主要分布在色沟、边巴沟、门当沟中。

## 杰顿珠宗遗址上老旧的墙砖

所有都老旧下来，包括城墙、门廊及走进去的山路
立于悬崖之上，只有陡峭能够强调它的一生
是的，时势不同，老旧的墙砖也不会长出新意
我总想从遗址上发现点儿什么
像于纸上查找人间大事


注：杰顿珠宗，是帕竹地方政权时期的历史建筑，遗址坐落在山南市洛扎县边巴乡美秀村西南侧海拔3300米的悬崖上，距今有600多年的历史。

## 遇见朱措白玛林湖

一抬脚,踏入你蓝色的领域
我的心,鲁莽地蹦跳
血液奔腾成狂风中的野马

一伸手,触摸你巍峨的雪山
我接住从天空洒落的星辰
伏法于一朵盛开的雪莲

你的眼眸,闪烁着
最美的星和温暖的火
我能遇见你,本就是一场美丽的邂逅
一个无法触及雪莲的幻影,和一盏永恒的灯

## 溪水拉长了村干部晚归的身影

途经村子的溪流
在哺育之外,用羸弱的身躯拥抱着暮色

流水中凸起的顽石上
有从原始部落开始累积的脚印,并叠加成厚重的历史
每一个时期的首领、头人……
都有一段从水花中溢出的墓志铭

那是一种与生俱来的责任
无关坚守
只是一个牧民从牧鞭的长梢上递出的
扶手

## 季节的不确定性

高原七月,从雪峰上溢出的冷峻
和从花海中飘出的炙热,同样具有季节的独特性
正如平移能产生错觉

穿着藏袍的牧人、漫步在云端上的游子
和一个阳光下青蓝连衣裙的姑娘
在恒定的时间和画框中,留下一个不太确定的盛夏

## 暮色里的村庄

村子里炊烟潦草
牛羊驮着晚霞
沿着归路踩出节奏

谵妄的浮云,走漏的风声
炉中有薪火,酒中有桑麻
一只鸟儿久久驻足的檐口
正喝下一截黄昏

## 库拉冈日:顶天立地的冰雪之墙

傲立天地
冰川起伏似铁骑疾驰
雪崩轰鸣成勇士的战歌

壁立千仞的基岩陡崖
经得起北风亿年的咆哮
和冰雪亿年的沉淀

巍峨,坚韧,闪耀……
你在惯用的词汇与风雪之间
永不倾斜

## 卡久景区的晨曦

听风吟诗,看云起舞
古寺在鹿鸣山谷时醒来
同时醒来的还有从晨曦中跌落的预言

晨雾带着一宿的温情,轻抚着山谷的肌肤
彩云、彩虹与棕尾虹雉相伴随行
云海宁静,有从指缝间漏下来的金辉
落入人间时
奏折慢,而更声急

## 卡久山三色湖:三湖相连如明珠

黑如墨,白如玉,蓝如海
人生如湖,高处不胜寒

向上的路,每一步都是湖面的涟漪
宁静,永远都只会
存在于三色湖的交汇处

## 小草的风骨

我是一株高原上的小草
在秋风中低语
一片绿茵的秘密

我站立在大地的边缘
成了人群中偶然的一抹绿色
并非求荣,只为在寒冷的季节里
默默地完成一场生命的献祭

## 彩虹沟的涟漪

在雪山拉开的白幕上
有人打翻了画家的颜料瓶
涌动成色彩的海洋

红、黄、白、粉……
恣意涂抹在山坡上,落笔成季节
杜鹃在彩虹沟的涟漪里,守望着一场春雨

# 措美篇

## 哲古湖:替整个冬天收集一段诺言

湖水和雪山互为关联
都暗藏波涛
并替整个冬天收集一段诺言

泛舟于湖
无需找寻彼岸
湖本身就是彼岸
此时,所有的细节都向清白靠拢
就像遇见天鹅,游也是飞,飞也是游,莫问来路
至于鱼翔,成为湖水透明度的象征
无须符合某首音乐的理论

## 措美碉楼：可以看见不曾谋面的陌生

于碉楼而言，每一块石砖都代表一个预知的词语
无需审美、走势
透过楼墙的探口，可以看到村庄、田野……
及不曾谋面的陌生
至于楼墙上的枪口，不见枪声
火药味以南，大片青稞正加快了金黄的速度

## 仲琼诺玛夯土民居：生活的佐证

夯土民居，也是藏式建筑文化
是的，许多年后，我们心中都有一座老房子
离过去近，离现实远
以便保持对现实生活的佐证

墙体加碎石、树枝，屋内冬暖夏凉
经过几百年的风雨，完成一次次固执的立场

注：仲琼诺玛，是一处传统夯土民居，位于山南市措美县波嘎村。

# 世界最高海拔的风电场

高原上的发电场
首先必须说到风
捉摸不透之物也可以产生力量、光和文明
建于哲古镇,伴有雪、冰雹,苦寒之地
但往往事物的极致背面
被惊醒的力量,正处于崭新的刮擦中

## 古堆藏獒：守护的意义

最古老而凶猛的犬类，被誉为"东方神犬"
不似老虎，总捉摸着占山为王
腿粗腰壮，记忆力强，从不效忠来自主人之外的诱惑
诚如我们在心中画下祖国

最大的本领是让所有的狼性退走山林
并从低沉的吼声中
抽出守护的新意义

## 哲古草原:把马蹄上的回声送进我们的心灵

牧鞭夕阳坠
毡烟追鸟急
是压低尘埃的歌声
当它唱响人间时
是清澈的,并捋清纸张上不谙世事的回忆

骏马奔腾,是另一种舞蹈
曲子上沾满落霞的光晕
一圈圈,正把马蹄上的回声送进我们的心灵

于草原上坐下来,于牛羊悠然的空隙里
是被遗漏的某些旧事

## 扎扎草原：比蔚蓝更深的草原之海

牛羊驯良，众鸟无羁
放眼处，是来自比蔚蓝更深的草原之海

野鹿、小羊羔、黑帐篷……各自安好
平凡之物总是如此谦逊
像头顶鸟儿口中落下的词语，不适合比喻

有一片水域，和着草色及天堂上掉下的光
具有油画般的绵延性
无需着色、点睛
正如新草自有来路，候鸟去向已明

## 恰拉脱岗雪山：在恰杂村收集着落霞的厚薄

雪在词典里继续下
而恰拉脱岗雪山
在恰杂村收集着落霞的厚薄
一朵雪莲花的手语
并从一只藏雪鸡的旧巢里，翻出修辞的动物性
比如
想成王的人，都去梦中骑虎

此时，一朵杜鹃花的刺探
扬起了一场藏戏的水袖

## 古如拉措:雪山深处的爱心湖

一片冰心
陷进恰拉脱岗雪山深处

只有骑马者和步行者方可抵达
一者为信马由缰
一者为心中的褡裢裹上残雪

不要低头向湖中看
你会照见自己
眉心上的朱砂痣
和心上的缺口

注:古如拉措,又称"爱心湖",位于山南市措美县乃西乡恰杂村恰拉脱岗雪山深处。

# 药王谷：让肉身的疖瘤转换成春天的密纹

黄连是有苦衷的
祛除人间病灶，同样
得益于一颗虫草的想象力
当归、贝母……各有手段
并从根须处长出一则寓言的药引

至于药王谷，只是
以植物性占卜而来的名字
能让肉身的疖瘤转换成春天的密纹

注：药王谷，位于措美县乃西乡恰杂村，已发现雪莲花、虫草、白檀香、红檀香、当归、黄连、贝母等100余种著名的藏药材。

## 卡珠古村落:从灶孔中掏出薪火

整个村落始终保持对旧事的黏性
阻止风干于檐口的方言滑入斜坡
就像我们,总想从旧衣服的勒口
翻找一个少年的花事

走进古村,入眼的是老旧的灶台
但足够从灶孔中掏出薪火

## 恰杂杜鹃花的香息和艳词

整片花海,交出香息和艳词
此时
不宜提起纸币的脉压
不宜唐突股市的想象力
一朵花的功德
只不过是表妹发髻上斜插的一桩羞事

## 扎扎服饰：反穿氆氇藏袍的文化密码

是服饰，也是一种文化遗产
可以反穿
就如穿上它，可以让一段戏腔的走势具有两面性
而蓝色的衬边，像装订线
把所有的花边琐事，收拢
成一段藏戏的页码
通过身体，企图与某截历史的桥段吻合
比如文成公主的嫁妆
锦绣大，丫鬟小

注：扎扎服饰，一种用花氆氇缝制成的反型藏袍。相传当年文成公主在此做客，喝了青稞酒后将衣服反穿，从而演变出如今著名的扎扎服饰。

## 甲黔彩靴:踩出语言的漩涡

靴上有神鹰,足下有彩云
受命成靴,宽容了被所有人踏上去的事实
并于足底踩出语言的漩涡
一脚江湖之远
一脚庙堂之高
而被镂空的图案总在两者之间转换
就像一叶孤舟,于人性的渡口抑扬顿挫


注:甲黔彩靴,是西藏当地一种彩色靴子,底厚,皮面结实,美观舒适。

## 热巴吉念舞:契合着一株青稞黄熟的进度

每个舞姿的细节,都走向
一株青稞黄熟的进度
并从侧卧、旋转的走势中
反复调试日子的纽扣、生活的鼓点
每一次顿挫,都暗藏着
一朵雪莲花的天机
——苦寒去向已明
——圣洁自在人间


注:侧卧,指跳"热巴吉念舞"的时候,其中有一个演员侧躺的舞姿。这种表演方式在西藏范围内极为罕见,具有非常独特的风格。

## 扎扎打奶歌:于谋生的蒲团上钩上补丁

来自牧鞭的抒情
劳作的爻辞
是劳动之于生活的智慧
适合音乐而又高于音乐
像从麦穗上垂落的谚语
打奶只是其中的一个音符
其中还有:
骏马奔驰、牛羊驯良,及
光阴的倒刺
于谋生的蒲团上
钩上补丁

注:扎扎打奶歌,是扎扎牧民在从事生产劳动过程中产生的民间歌谣。

## 哲古牧人节:哲古湖畔的涛声

西藏牧人独有的节日
宜,跳舞、喝酒、赛马……
宜,从平静的哲古湖畔听出涛声
草原以宽阔怀柔了所有造访者的注脚

此时
无须给牧鞭谱上音阶
无须为方言唱出平仄
蓝天、白云让想象力更加丰腴
比如
一缕落霞的余晖正落入一声马蹄的扣眼

注:哲古牧人节,哲古草原上牧民的节日。每年8月底,外出放牧的牧人都会赶回他们已经肥壮的牛羊,洗净尘土,带上他们浓郁的美酒,聚集在哲古草原上,跳起欢快的舞蹈,欢度属于他们的牧人节。

## 藏蜜:经得住味蕾的挑剔


蜜蜂采山南的花
忘了与山北的约定

能不能从狼牙花蜜喝出洁白
油菜花蜜中喝出金黄
牧场花蜜中喝出五彩
藏黄连蜜中喝出清苦
不敢确定

就像我们用味蕾的彩釉去推敲一段京剧、罂粟和婚书
恍如多年以前
一轮明月的词汇,便让整个中秋座无虚席

## 雪菊：鲠在喉咙的言辞不会浑浊

措美特产，可入茶，亦可入药
使人体体液达到平衡，鲠在喉咙的言辞不会浑浊
就像拾起一片黄叶，查找秋风的漏洞
作为花，可让人清肝明目
亦可为破败的茅舍拢起一桩艳事
更能让人睡眠充足，方便
梦中骑虎
让所有的词语退走山林

## 黑青稞糌粑：在未来的行囊留下倒叙

高原黑青稞水磨而成
软糯，符合我们心中柔软的需要
恍如多年以后
我们心中都有一块糌粑，以完成对困苦岁月的眷念
适合充饥，同样适合存放回味
以便在未来的行囊留下倒叙


注：黑青稞糌粑，以产自当地的黑青稞为原材料，经过水磨研磨后制成的食品。

# 错那篇

## 岗亭瀑布：于流泻中寻找落差的预感

三叠。清淙。于流泻中寻找落差的预感
从高处抽身
不代表回避什么
直直落下
此时，也不会想到大海
就像流动的往事
它总处于
纸张和词语没被混淆的时刻

水势的落差产生压力
产生负离子的空气
当所有汇入三跌潭中
此时，氧气充足
并摁住各自沸腾的心

## 魔女谷：可作为秩序的呈堂证供

抵达勒门巴民族乡之时
谷内的猕猴、飞瀑、酥油灯正平分一段秋色
猕猴正拾掇那些陈芝麻烂谷子的小事
飞瀑正蓄谋一场奔赴大海的未来
酥油灯的火苗正收集
于落叶上飘落的凉意
而我，只是一个外人
保留置身事外的怪癖

莲花生大士的修行洞是空的
无法交出人间大事

岩石下
倒下的是魔女的骨架
可作为秩序的呈堂证供

注：魔女谷，藏语音译称为"森木扎"，位于山南错那市勒门巴民族乡，当地流传着莲花生大士降服魔女的传说。

## 唐僧岩画：取经路上留下的画像

据说：是取经路上大雪封山，唐僧休息时石壁留下的画像
画像恬静肃穆，无限接近某篇经书
就像水接近大海
鹦鹉接近教科书
春天从胸腔里抽出祖国的姓氏

相对八十一难
这只是一个插曲
就像一场旅途
我们离高山近，离流水远


注：唐僧岩画，位于麻麻门巴民族乡，山崖壁上可清晰地看到一个形似唐僧的人物形象。当地传说，这处唐僧天然石壁像是唐僧西天取经时，因大雪封山在此休息，身影投射在身后的石壁上，从而在上面形成他的画像。

## 门隅三圣湖:让真相从阴影中析出

去时,湖心静置一块雪冰
像是聚拢一段收尾的冬天
湖中有雪山和我的倒影
一幅与一幅那么的相像
但不能用来概述生活

湖面宁静而宽阔
容纳了白云、鸟鸣,及石头的歌声
并于某个筹划已久的地方,让
真相从阴影中析出

## 凌云台:伸手似乎可以触摸天堂

再过些年,仍会
记得
伸手似乎可以触摸天堂
与白云相安无事
就像对世事洞明,是由
你站的高度决定的一样
就如此时,可看到
吉巴乡的屋顶正抽出春天
波拉山口正喝下一段黄昏
并从飞鸟翅膀的花纹里,捕捉
动词的流向

## 千年沙棘林:一个宁静的世界

古朴沙棘和牛羊相安无事
给景区下了定语
呈现出无理由的和谐性
至于我,只是一个过客
来与不来,它都是一个宁静的世界

风吹过,沙棘树叶摇晃
从它们发出的响声,与我们的某些需要重合
有人进来,也有人离开
每个人的心中都有一道风景,用以
完善对美恶事物的判定

## 煮白的轮回在茶树上更换着偏旁部首

"勒仓莲""舒茶早"
树的流通值
与酥油渣休戚相关,雪便做成了暗流
农作物,化合作用有限,黑白或彩照
也无法一意孤行

把多余的滋味拧干
杂乱无章的清苦
在乍暖还寒的节点
和一两行诗歌制成了文本
已经煮白的轮回
在茶树上,欢快地更换着
偏旁部首

注:勒仓莲,勒门巴民族乡茶叶农牧民专业合作社旗下的茶叶品牌。
舒茶早,茶树品种。

## 挣脱了平仄的曲卓木温泉

明月的幻象
被口灿莲花
每前行一步,便让那金色的包浆
又潮了三分
红唇,隐私了季节的秌秸
腹肌上
留置了
半两水的青春晃动
日出日落、光线含着鱼竿
野生泉
挣脱了平仄

## 卡达藏刀:用作坊的手艺解释了草原的鹰鸣

无意中,竟充当了贡品
用作坊的手艺,解释了草原的鹰鸣
从不纠缠,词句与符曲中的金银铜铁
打湿的字号,还原了钢的韵律
用十个指头的长宽高,来冶炼着
一汪,不能装帧的规矩。同理也映射了
山川、河流、天空。并用眼窝中的春泥
瞄准了,山顶与太阳的距离

## 错那木碗：使生命的口碑拔高了厚度

嫁接的艺术
让礼仪诞生了禁忌
复杂或简单，使
生命的口碑拔高了厚度
从此，植物就有了木本的袈裟
从此，青草露水落叶，均各有所安
每一次的搓揉，风都是蓝色的刀
在古老的手札上
赦免了偶然

## 张国华将军前线指挥所旧址观感

将军,提着学波洞指挥所的星斗
把名词、动词、形容词,像枪炮一样
弹出轨道。修正着不合乎语法的潜台词
1962年秋,符合,宜将剩勇追穷寇
每分每秒,都是一个有血有肉的时差
正义,注定不容许被敌人无聊地觊觎
开始即是终结,残梦早被清空
将军桥纹丝不动


注:学波洞,地名。张国华将军前线指挥所旧址位于此洞。

## 张贵荣烈士纪念碑:家国的情怀庞大而密集

将军崖,在历史的栈道上
策马而行。光阴的拷贝含着悲伤
滚烫的心,年轻而蓬勃
人生,奉献
家国的情怀庞大而密集
硝烟,早已被时代赋予了新的闪电和回响
号角吹出了,那血染的风采。在一砖一瓦
的筋骨中,签署了我的每一道理想
让花海似潮,让生活如诗
让忠魂永驻
让青春长存

注:张贵荣(1935—1984年),内蒙古赤峰市宁城县人。1948年参加人民解放军,1953年加入中国共产党,历任班长、主任教员团长、步兵学校副校长、省军区副司令员等职务,是全国六届人大代表。在解放战争时期,他参加了辽沈、平津等战役,作战英勇。

张贵荣烈士纪念碑,于2013年12月2日由隆子县人民政府立,属于西藏自治区文物保护单位,石碑的中央刻有"张贵荣烈士永垂不朽"的字样以及张贵荣将军的简短事迹。

将军崖,20世纪80年代,边境地区交通条件十分落后,没有公路,只有一条悬崖峭壁上的步行道,军民行走极其危险,对边疆巩固事业带来极大的阻碍。1984年,为了修建公路,原西藏军区司令员张贵荣及其卫兵骑马从三安曲林乡出发前往斗玉珞巴民族乡调研。他们沿着后面是悬崖,前面是深谷的羊肠小路前进。因地势高,加上劳累,张贵荣司令员突发高原性心肌梗死,从马背上掉下来,拉着马尾巴永远倒在了边防线上,年仅49岁。去世时,他调任西藏军区司令员还不满1年。后来他牺牲的山崖被当地军民称为"将军崖"。

## 麻麻拉康:仓央嘉措的行宫

浅褐色的岩壁上
镶嵌着一间拉康
蓝天下
一个诗人和一个六世达赖喇嘛
解说着,眼眸中的余韵,草叶的结点
夕阳的悲悯,寸寸神性,浸透了
炊烟上的难言之隐
漫山遍野的旋转,封闭了越界者的风水
霜降以后,语法添加了泥泞

## 浪坡杜鹃花海：让长满希望的行囊
## 　　又奢侈了一回

汤吴的花海难写色空
东章的瀑布在隔岸绽放了本真的纯粹
命中注定，山花浪漫的季节
消融了大地的胸腔

剥落的成熟，仅为时间的推手，纠结的纹路
充实阡陌
用月亮的银盘，捞一碗人间的圣水
让长满希望的行囊
又奢侈了一回

## 麻麻新村:喧嚣与寂静为伍

一座新村,突兀于群山峻岭中
喧嚣与寂静为伍。炎热的咸味飘动着
工业的俗语和寒潮,在密封
的霓虹里。擦洗了原始音节的上下结构
收放自如,削弱了书的辽阔
没有一丝借口。把
心中的春秋,签名了一张摇滚的扉页
用,吴侬软语的错觉
走进了一个陌生城镇的巷道街口
让,树叶翻卷着天道

## 拿日雍措：干净的方言从湖面上向着天空飞升

屡次
把深蓝、墨绿、湖蓝撞翻
沧桑、纯朴、干净的方言，从湖面上
借，云的肩胛骨
向着天空飞升
一部分，蓝到了岁月的叹息
一部分，蓝到了第一人称的主谓宾
一部分，蓝到了饶舌的风的嘴唇

# 隆子篇

## 玉麦：一朵盛开在边关上的格桑花

国之重镇
最长的中印边境线
像一页《满江红》的底线
每一次鸟语花香，或是
岭上梅开初着雨
崖边水动暗摇藤
都须标入汉语拼音
"家是玉麦，国是中国。"
每一个玉麦人都是守卫者
就如贯穿我们一生的是方块字的歌声
我来时，落霞已把喜马拉雅山上的五星红旗
染成国书

## 藏历新年:从青稞穗的图腾上为春天装上知觉

藏历新年,媲美春节
都藏着秘密:
对旧岁作出总结,并从青稞穗的图腾上为春天装上知觉

盛大的庆祝活动是必不可少的,并以
仪式和习俗,完成
藏族人心中象征的肯定

每一种年货的制作,都是一次信仰的吸吮
像"楚酥"有酥油味、麦香
"切玛"盒有内省的结构
"卡塞"的五彩缤纷堆入祖国深处
至于把"隆果"送上供桌,保持
对生活作出概述:
五谷丰登、人寿年丰、风调雨顺……
精致的词语间,平凡之物仍是伟大的恒理

注:楚酥,切玛盒左面装的用热酥油拌上的凝固的麦粒。
切玛,切玛盒右面装的糌粑、酥油片。
卡塞,用面粉、酥油等原料炸制而成,裹上白砂糖并上色的圆形、花形、麻花形、蝴蝶形食品。

隆果,一种用陶瓷、石膏等不同材质制作的塑彩羊头,是藏历新年的供桌上必不可少的一部分。

## 列麦精神纪念馆：充斥着奋斗不息的气息

精神，是于客观事物中抽取出来并超越本身价值的象征
比如走进纪念馆
于吊在悬崖上打炮口的身影上凿出的新思路
从破旧的陶罐、水壶、竹器……
叫出手茧的名字
并从犁耙断落的门齿间说出粮食的密辛

奋斗不息的气息充斥整个纪念馆
那些被遗落的细节
随开垦的列麦水渠贯穿田野，和人世的十里桃花

## 措嘎湖:水花的谶言

雪山、飞瀑、鸟禽,及树梢上摇动的手势……
你作为一面镜子,照进无法描述的部分

被反复说起的:水花的谶言、卵石的理想……
藏于湖中,暗流涌动

水质浅白清澈
是否有鱼,不得而知


注:"措嘎"为藏语音译,意为"白色",措嘎湖即为白色之湖的意思,位于山南市隆子县扎日山景区。

## 斗玉珞巴民族乡:让所有的难言之隐
## 退走山林

走进斗玉洛巴民族乡,可以让所有的难言之隐退走山林
这里只有语言,没有文字,农牧为主
劳动产生语言,产生青稞、荞麦、玉米,及宽于牦牛背脊的
宁静

无法用语言对整个乡村作出概括
在临走时
仅从夕阳的光晕里
看到某些未曾谋面的东西

## 扎日藏白酒:析清遗落于骨节间的冷湿

相对而言,比青稞酒来得更烈,可入药
酒入喉,与年龄不相称的活力各自寻找出口
析清遗落于骨节间的冷湿
许多细节便鲜活起来:
比如挑灯看剑
比如难得糊涂
比如对着天空遥呼家兄
让所有繁复的篇章化为段落……

## 热荣瑟尔空温泉:让裸体的放荡虚张几分

最高海拔、最高温度的泉水
水温触体,一寸一寸地把略显老旧的皮肤扶正
并让裸体的放荡虚张几分
毛孔舒张,每一次吸吮,都是一粒温暖的信仰

温泉分上下两座,温差不大
往往一些微小的落差产生初衷:
一念被秋风戳破的誓言
一念给一片银杏叶落上定义

## 扎日山：寂静之外的一段寂静

被授命成神
授命成可以延年益寿的秘法
当夜晚来临时，替众生守门
是寂静之外的一段寂静
比心宽，比阶梯直，比道德高
透过圣泉的着眼处
有苔藓上的旧屐、草梢上的黄昏，及未曾提及的旧事

注：扎日山，位于山南市隆子县扎日乡，是藏族信教群众心目中的神山。

## 扎日鸡血藤：可以替人世摁住沉疴

扎日独有的多功能藤植
比如
可以制成桥，宽恕了所有被踏上去的事实
制成藤椅，让别人坐上去，自身却拒绝成为理由
像一段秋色落入纸张，并不知道会成为艺术
的确如此，某些既定的事实往往得益于离开说辞而存在

至于制成手镯、脚环
可清心提神
可以去除心中的冷寒
并替人世摁住沉疴
美观也是有的，色泽厚重，从溢出的光晕里，免除了金属之重

## 扎日高山茶的纯粹

现实的汛期,及时确定了
喝彩,隐遁在稿纸的正面或者反面
语法上的字斟句酌
查找着,每一个晚熟的人
骨骼中的清高
改造着空白。莫须有的成本、利润
无法占据砝码的年轮
清新可人的版面上,聚集着灵性
加持
举起了扎日高山茶的纯粹

## 扎日竹器：把粒子的快门截成三叠

竹器，绿色的使者，被
折叠得随心所欲，纵横交错
浮梦中的青鸟，邮来了心中的甲骨文
故乡的更漏，屡次唤醒了相同时间的
经纬度
把粒子的快门截成三叠
一叠，疏影横斜
一叠，陈仓暗度
又一叠，让爱像死又像生

## 斗玉犀鸟茶

羞涩的裙裾
在测量着茶叶的脉压
纹理在闪烁其词,却是
彰显了民族的表象。广告牌、房檐下的铃铛
都在用风的尺度
来谋求世界的功德箱
京剧、黄梅戏,西皮流水中的二黄导板
都被兰花指,摁在了茶经的法器上
或歌或舞
亦淡亦香

## 认知从黑青稞的深处开始进化

用独特的处方
来调制糌粑的海拔。传统的吆喝
也把
青稞生养得复杂而鲜活
瓦罐上的标签,在筹划着雪的自赎
时间失去了平衡,在裸露的缝隙中
体会着
某种思想高过雀飞的凛冽
再用春天的炭火,大写了一首
现代化的寓言诗

## 晚秋

天高,云淡,蔚蓝……
飞鸟已无白云可衔
牛羊嚼在嘴里的日子日渐清瘦
情人的草原上,相思渐远
只等轻颤的草尖蘸着枯黄落笔
于垂暮之年,写好
秋逝后的悼词

## 生活的荆棘

开车的和骑马的
从同一片天空下，路过
云淡风轻的日子
以及横亘在日子里的荆棘

先试着撸平荆棘上的刺
而后接受并宽容每一根扎在身上的刺
于伤痕上种下成长的烙印
并于刺破与挣扎中找到新的启示

## 边关牧人:牧鞭卷动的人生

背负着羊群于白云中踏出
沿着国境线,赶往季节轮回的渡口
风,裹挟着哞咩声,从荒原的荧幕上越境
辽阔、孤寂而深沉
寒霜侵肌,让人无暇顾及生活之外的忠诚
牧鞭,始终追寻着星辰的轨迹,一次又一次卷动着
边关牧人的早出与晚归、生老和病死
他死后,只留下两件遗物:
一座一生未曾点燃的烽火台
和一枚贴着心口而放的火折子

## 迷失在湛蓝的天空下

我喜欢站在湖岸上
等候同一群鱼
来听我讲述半生的悲喜

在非黑即白的日子里
时间偶尔会开出一两朵昙花
允许你挑战尘世的冷峻

湖水,共长天一色
背景深邃,鱼眸灵动
经常走神的人,又开始变得目光呆滞

# 加查篇

## 盐泉:可以听出歌声之外的一段歌声

泉水声中,有
唐朝的盐
有文成公主
所有的咸味折算成为味觉

出于对历史的吻合
从一再被泉水摩擦的盐石中
虚构从现实中流出
比如
从泉眼淌出的叮咚声,可以
听出歌声之外的一段歌声


注:盐泉,传说唐朝文成公主进藏路过此地时,在此留下一块盐巴,后来盐巴变成了石头,从石头底部流出的带有的咸味泉水,便是盐泉。

## 拉姆拉措：倒影正摇晃于来世

水欲静而风不止，湖中的倒影正摇晃于来世
风过处
被反复构思的雪山图
正于湖面推波助澜
同时被推动的还有山势的复杂性

湖水的凉意产生印象
高处的寒冷、谵妄的浮云……
偶有鸟儿掠过，留下几粒无谙世事的啼鸣

## 打铁石:被千锤百炼的原证

据说:是东赞打铁的垫石
从凹进去的部分里
可以得到被千锤百炼的原证
石头深处,藏有
比冬意更古老的金戈之声

从被锤击产生的火星中,可以看到
作为铺垫的事实
正如
某些事物阴影 背面的光

注:相传噶尔东赞早年以打铁为生,在噶吉村最北部有块形状貌似铁锤的石头,是他当年打铁用的铁锤。今山南市加查县安绕镇卫生院西南角外一棵大的核桃树下有一块大石头,传说是噶尔东赞当年打铁用的石垫,石头上有明显被敲打凹进的痕迹,相传那是他当年打铁留下的痕迹。

## 那玉河谷：陌生的语言在风中摇曳

河谷里有蜿蜒的秘密
有与水共舞的霞光
有回荡在石径上的马蹄声

等你也站在河谷的边缘
你会看见,陌生的语言在风中摇曳
于惊叹中与那玉河谷诗意的共鸣

## 崔久沟：让所有美妙的意境无限延伸

酩酊的河水在石头间跌宕
以激流的力量
激荡出生命的歌声

雪山、湖泊、草原……
于日月交错的光影间
折射出珍珠般璀璨的词汇
足以让所有美妙的意境无限延伸

## 涅尔喀大瀑布:跌落成起伏的人生

江水如银河坠地,白练翻腾
跌落成起伏的人生

彩虹架起通往天际的桥
允许你踏梦而行

在梦的深处,你穿过云层
听见了星星的低语

## 坝乡原始森林:光影摇曳出诗意的浪漫

静听风声
在叶子的笔触下
纸面飘荡着绿色的深邃

光影透过叶的缝隙
在纸上舞蹈,摇曳出诗意的浪漫
古木微醺,却无心事可言

## 象牙泉：浇透人间的颤音

原石的留白，让心结有了硫黄味
钟乳岩上青一块，紫一块
细槽中注满了蜂蜜。热麦乡的提挡、挂速
让寂静接近了尾声
协调、突兀成了经幡中的插图
鸟鸣、梵音引诱《诗经》《楚辞》
推开了这青史红尘。让
一丝的泉水，浇透人间的颤音

## 加查木碗：盛满了人间烟火的梨涡

精巧的工序，把树瘤里外翻新
用木碗的肉身，再一次
击穿了法力的度牒
括卜、甲卜、抢卜、巴卜，厚薄均称
都盛满了人间烟火的梨涡
一句扎西德勒
重新拴住了，夜的底色和皱纹的深浅
炊烟嚼动着加鱼草
使木碗成了油灯的新娘


注：括卜，抓糌粑用的大木碗。
　　甲卜，喝酥油茶的小木碗。
　　抢卜，喝青稞酒的小木碗。
　　巴卜，储存物品、装糌粑或奶渣用的带盖木碗。
　　加鱼草，西藏山区特有的一种草，其汁水用于涂抹木碗壁内外，色呈橘黄。

# 千年核桃林:始终在盘点着夏天语言的色彩

神树上结满了子孙,对于
虔诚,有求必应。月明风清
噶尔东赞
又一次次渡过了步辇图的八道因果
蓝天、白云、羽毛一片落入树底
定格于雪峰
洞察世事,皈依我们一生的比喻的事件
始终在盘点着,夏天语言的色彩
核桃林,基因的大小
和无关阶级成分的记忆犹新

注:山南市加查县的千年核桃林分布在壮丽的喜马拉雅山脉脚下,经世界纪录认证机构(WRCA)认定,加查县核桃树种植面积为 30.67 平方千米,其中树龄超过 1000 年的连片种植核桃树株数为 3657 株,形成了独特的生态景观。加查县的核桃林被认定为"世界最大规模的千年核桃林"。

## 布丹拉山：反复炼化这一词组的血肉

六月，散落的经书
乌鸦炸响了 1710 米的陡峭
将命与运，完美结合，坐禅于栈道的深处
缘分磨疼了青石板的肋骨
凌晨两点，遍地银甲
像到处结网的迷宫。一溪清水
擦洗着，每一厘米中的纸质凭证
布丹拉山
这一词组的每一片血肉
都被我反复布道，又被反复炼化
骨骼再一次被一寸寸收紧
云雾、票号，把半成品的胚胎
染成金黄

## 春天从湖面上的残冰中跃出

用故乡的四季分明,足以混淆第二故乡季节的视听
立春、雨水、惊蛰、春分……
二十节气在高原反应后同样会产生迟钝

定义春天的并非花香,而是临近谷雨冰面破裂时的惊雷
是南归的候鸟,是跃过冰凌的高原裸鲤

凛冬一季,长过了春、夏、秋三季的叠加
是我对春天姗姗来迟最大的误会
她早已先于雪峰下殉情的孤雁抵达

## 雨中遐想

幽兰飘香的茶室里
我与你相对无言
阳台上的风铃
晃动着倾斜的雨幕

此刻的天空心思沉重
让人分辨不出晴日里的是非曲直
一壶用无根水煮出来的茶
正在你面前倒着煎熬的人间

远风拂过青山的面颊
却在你的心里惊不起半分涟漪
我开始模仿你的样子
试图蘸着夏雨去写下几行
带着雨甜与花香的小诗

## 沁园春·访仙缘

　　活佛谈经,灵童转世,万物天然。见东南形胜,云川聚秀;林峦叠翠,道法逢源。旅雁穿花,神驼负日,曲路丹崖识故贤。蓬山下,愿征鞍不语,一梦千年。

　　当时缔造仙缘,凭得是、犀心在鹤前。拟洪荒千卷,通今博古;余情有偶,大德无边。履历于斯,行藏在我,雪月飞花似涌泉。垂怀笔,唤诗风抖转,换了人间。

　　注:该词的创作灵感来源于噶尔东赞受松赞干布指派前往长安向唐太宗请婚的传奇故事。相传,唐贞观十四年(640年),噶尔东赞受松赞干布指派,前往长安向唐太宗请婚。唐太宗出了八道难题,即"丝线穿珠""日杀百羊""日饮百酒""辨马母子""辨木首尾""夜返宿地""辨认公主",以此作为迎娶文成公主的条件。噶尔东赞不辱使命,以其聪明才智,顺利闯过道道难关。唐代名画家阎立本所作的《步辇图》就记画了噶尔东赞在长安觐见唐太宗的场景,此即著名的"八难婚使"。这一佳话还被编成了藏戏在雪域高原上传诵。

# 曲松篇

## 曲松陶艺:盘算平凡之物于伟大之事的细微认知

陶艺,以泥巴的秘密转换成另一种秘密
就像毛竹制成筷子的意义
被用完之后,还可以造纸,写下爱情或罪己书

过程是复杂的,通过选土、发酵、造型、晾干、垒放及烘烤
出于对生活的尊重,制成器具适合装酒、泡茶……
及盘算平凡之物于伟大之事的细微认知

## 碉楼沉迷于自身的思考中

闲置久了
对于战争的意义
碉楼沉迷于自身的思考中

一层又一层，把自己从低处搭上来
保持对陌生事物的警惕性
比如搭起来的瞭望台和枪击口
所有莫名事物的触手
都处于目击和射程之内

后来成为传说
成为囚禁邪魔和恶鸟的牢笼
出于对美好事物的祈词
监狱和花园没有什么不同
像我们在心中种下一棵青稞的幼苗
一念结满麦穗的初衷

## 游曲松土林有感

形态各异,风化不会造成阵痛,都是自然的隆起
就像乘车的和坐船的,都是于移动中找到归宿
至于化成人或猛虎……
土林不会告诉你答案
或许风雨冲刷之后,又转换成牛头或马面
于我一个过客而言
仅满足了一次荒诞不经的怪癖

## 于白玉沟原始森林观瀑布有感

有声入耳,清脆、泓噜
一波连着一波
背弃咏叹、歌声
让所有揣摩不定的本性退走山林

从悬崖上飞身而下
垂落产生悬念
每一段都是对上游的抽拉、拍打……
像我们心中悬而未决的琐事
总是从旧日历中查到根脚

因为高度大
落差感强烈
唯有落入潭中,才会恢复平静
正如某些名字,只有落入纸张
才会成为历史

# 雪莲花:能厘清香息和魔咒

提起雪莲花,就想到爱情
想到蠢蠢欲动的十八岁

可入药,微苦
——苦难能够产生语言
但无须解释
于尘埃绚丽的平静中

花开高原、雪域,苦寒之地
能厘清香息和魔咒
状如莲,似乎和雪都有洁的关联

雪莲花,同样具有反面性,比如香苦
就像风吹过,花茎摇曳
但在其心中,风毫无意义
不是因为苦寒和愤怒
只是用摇曳的方式
一次次
表达对峰巅屹立的肯定

## 布丹拉山：我身在其中而又置身事外

居高原,整座山貌似一本经书
盘山公路蜿蜒曲折,像如何巧妙地绕开俗事
并于某个转折处,把无法把控的一段丢回另一段

于山顶,身边就是云海,但无法抓住流云捉摸不透的本性
偶有几声鸟鸣落下
才发现
我身在其中而又置身事外

# 上方温泉:让人迷失于自我的辨别中

四十五摄氏度,三泉眼
可释放筋骨,水温稳定
让人迷失于自我的辨别中……

水汽氤氲,一丝丝
把自己从困惑中拉上来
又在某个瞬间,忆起曾经被漏掉或迷惘的片段
及瑟瑟的悸动……
它怀柔地让呼吸放平

温暖度身,激发得基因产生思维
无须呐喊,于水波荡漾的宁静中

浸润和抚摸是你的技能
显然意识到
无声的摩擦能够产生崭新的生产力

## 切措湖:出现在摇晃的红尘中

于北纬 28 度,可作为一块镜面
交出山川河流
交出日月星辰及迟到的黄昏
湖面晶蓝、宽阔而平静
可以宽恕所有观光的人

鱼群是寄居者
大的、小的、红的、黄的……
纷至沓来
一方湖,可以还原一个世界
或许能出现在摇晃的红尘中

## 色吾土林：以沉默肯定了阴暗以外的部分

大自然是工匠，风雨是装饰
千姿百态
纵横捭阖的身体
不接受歌唱、吟诵及贺词的碰撞
以沉默肯定了阴暗以外的部分

从轮廓分明的线条里
伏有黄昏下的雷声
新雨后的彩虹，及
发芽的春天……

命名成为泥人
受命为忍耐的事实
让游观者走上去
而三分火气留给自己
并拒绝成为定语

## 邱多江草原：不可言喻的柔软和辽阔

"天苍苍，野茫茫，风吹草低见牛羊"
万马奔腾，牛羊悠然，毡帐炊烟
江山如画大抵如此
还需要什么呢？
于画中小憩，已是一种简约的奢华

青草绵延，展示出不可言喻的柔软和辽阔
于我一个外来者而言，不论是惊叹和爱慕
草原本身都是一方自足的世界

就像一幅画是所有的画
一座毡帐是所有的毡帐
宏伟之物总是如此平凡
它们留存我心中，又给其他的词汇留下位置

## 下洛湿地:湿润的文明

王宫遗址之内的部分
被命名为"大地之肾"
文化墙上的图腾,充斥着民族性
草木葳蕤,来自对气象把控的冷静

风过处,花草摇晃
我的目光随之摇晃,带有躲闪之意

泥水和草木的暗香软糯糯的
风于文化墙上的墙脊屈身前行
传言在某个兜转的图腾里
串缀着我们的来世

绵展的长廊,越来越逼近历史复杂性
我站在高处,想对过去作出总结
而树、水草、石砖……
这些融洽架构之间,衍生之物
是不被分解的独立体

## 拉加里王宫遗址:处于时间轮转的边缘

与曲松河同样漫长
不言墙体上斑驳的封建性
其他的都成为历史

如果用于彰显来路
宫内的座椅合适
高大的穹顶合适
而词语不合适

时代远去,人走物非
唯有座椅缄默,那些
曾经坐上去的人
或许在错位的空间里找到平衡

一再被摩擦的宫殿上,满是历史的车轮
歌舞下的盛宴、满腹的经纶、谵妄的谋言
大殿两边,无法探究的喘息和心惊
而宫殿总是处于时间轮转的边缘

## 井嘎塘古墓群:墓地深处有无人认领的回声

土封、石条、泥浆建制而成
墓地深处有无人认领的回声
有方形、圆形、正方形,以墓地大小而定
方圆数十米
至于埋葬之人,居庙堂之高或者江湖之远
都在自己墓床上安居

我只是一个旁观者,站在不同世界中间
探寻断开连接的入口

黄昏下的墓群,特别的沉默
无需表达信仰,静止是最好的选择
离过去近,离现在远

## 堆随洛村石窟:壁绘剥离尘世

立于崖上,适宜苦修和供奉
同时,也适宜旁观主义者描述春天

壁绘红黑白相间,都
剥离尘世
它们栩栩如生,却无法行走
仿佛以静止
从时间的轮转中
认出某些模棱两可的东西

## 拉加里氆氇：适宜不同身体认可的尺度

纯羊毛织布，可制作各种日用品
可暖身，可装饰
可适宜不同身体认可的尺度

色泽各异，与一条条纤维交织
穿过文字、书画
带着信仰里的回声

注：氆氇，藏语音译，实为手工织成的毛呢，也叫藏毛呢。氆氇是加工藏装、藏靴、金花帽的主要材料，在西藏已有上千年的历史。

# 桑日篇

## 沃卡达孜宗遗址：城墙上残存着
## 　　　金戈铁马的回声

雄踞山梁，城墙上依旧残存着金戈铁马的回声
而白水河畔正长出发芽的春天
黑水河的浪花交出比凉意更广阔的草原之海

旧事无须重提，石砖、房梁……
以及门环上封闭的苦楚
城外，雪山上的光正徘徊是进还是不进

远处传来寺庙的钟声
催熟了青稞酒的温度

# 达古大峡谷(组诗)

## 江流

后浪推前浪，追逐产生归宿
像奔跑产生终点
此时，咆哮的浪涛产生隐喻
旁观主义者望洋兴叹

用什么皈依人生？
哪一段才是真理？
走一趟人间
我们都适合用流水举例

江堤从深渊中把自己扶上来
得益于流水的记忆

## 动物性

比如雪豹的豹纹斑斓、美丽
有时候，表象只是为存在而设伏
比如岩羊总把自己置身陡峭的叙述中

比如雪鸡长翅膀不在乎天堂
…………

不懂兽语,无法查到其巢穴
也无法定义人和一只棕熊的信仰
而峡谷能将所有低于飞鸟的事、兽行
都于其中安居

## 贡德林草原画像

毡烟和牧鞭都坠着一截黄昏
牛羊和水鸟同时喝下一片湖的记忆
草原呈丘陵绵延,青草和鲜花成为扮演者
一座连着一座,在某处豁然的出口
酥油说出个中滋味

此刻,我们可以看到雪山
可以谈到篝火、帐篷、青稞酒……
　而远处,那些穿行于楼市里的人,仿如来自另一个世界的产物

## 超高海拔葡萄酒：喝下去有对苦寒生活的依恋

高原反应的结果
光合作用充足，让葡萄更洁净、健康、厚重、浓郁而芬芳
一杯酒，一小汪生活
喝下它，像喝下一段剧目
有的人在纸上画饼，画佛，画贵妃
有的人在梦中骑白马
有的人正把一截橡树的意义制成音乐……

值得一提的是把葡萄冰冻后酿成的冰酒
喝下去，有凉意
完成我们对苦寒生活的依恋


注：超高海拔葡萄酒，是指山南市桑日县葡萄酒原料产地海拔超过 3500 米。2021 年，桑日县超高海拔葡萄种植基地获得吉尼斯世界纪录认证，是目前世界最高海拔葡萄园。

## 达古石锅：舌尖上的乡村

来源于达古村独有的山石
可以用来烹煮
同样可以用来盛放记忆
就像一个饕客,总琢磨用旧器物煮出新味

当然
也可以用来熬药
用一锅沸腾的苦水洞察人世
止住躯体里模棱两可的阵痛

## 春耕节：土地上匍匐着一年的深耕

三月聂卓
土地上匍匐着一年的深耕
二牛抬杠，听见了青稞酒中的絮叨
整装待发地仰望，速记
把良辰吉日，折成了阳光的意义
让流动的云，坐实了风中的倒叙，隐喻
在诵经、煨桑的自身与现实的
超过三倍的平面的复杂性中
在笔法的留言处，将豪情披红挂彩
让笑声酩酊大醉

注：春耕节，也叫"启耕节"，是藏族人民在每年藏历新年过后的隆重传统节日。
聂卓，藏语音译，意为开耕。

## 鲁定颇章:曾被反复叙述而仍被遗漏的陌生

时间很长了
从斑驳的墙体上落下那么多词语
每一句都是邮筒寄往历史的笃定
园中的石板被磨光了,踏上去
能触及往事背面的光
而两旁的古柳正从皲裂的树枝上抽出新意

推开大门走进,从门齿间扑面而来的是
曾被反复叙述而仍被遗漏的陌生
里面结构并不复杂
比如桌椅、窗户、走廊上的扶手……
都切合一截文明的实际
老旧、磨损……
像一段记叙,被加上而又删掉的标点

注:鲁定颇章,又名尧豁桑珠颇章,位于山南市桑日县城东北侧。"颇章"的藏语意思是"宫殿"。

## 沃德贡杰山：从不同的角度看同一座山

被受命成神山
渴望的化身
同格物定理一样被公认

朝圣路上的脚步，于
转弯处
有我们停顿的符号
比如鸟是飞着走的
但并不能衍生出苦楚和欣悦

至于山上的修行洞
会用整个冬天
用尽风雪和凉意
辨认那些能达终点的人

## 思金拉措:雪山颅骨里的天堂

雪山颅骨里的天堂
我在纸上画有雪莲花、岩羊、雪豹……的祖国

我不说话,湖心的蛇舌草坪也不表态
总是在那里
它有柔软的绿意
它的来路具有神性

湖面晶蓝,水波涌动
我听到被回声惊动的祈祷
朝圣台能够分清并使用祈祷

光明从雪山上落下
迎宾台上的男女
正陷入古老乐曲的节奏中


注:思金拉措,藏语意为"具有威力的神湖",当地人们称之为"财主百龙之王"居住的圣湖,也可以称之为"龙王魂湖"。几年前,随《爱在思金拉措》这首经典歌曲的传唱,思金拉措被世人熟知。

# 游达布风景区有感(组诗)

### 雅鲁藏布江

贯穿雅砻儿女的一生
给予道德、良善、流水的本性
于我而言,同样适合用浪花举例

### 雪豹

总是用时间设伏
以决定跃起的高度和速度

### 贝母

喜独立,无分枝
可入药,抗发热
记得贝母
因为我一直是个头脑发热的人
想从它身上找到一条治愈之路

## 达布人

是最接近山水的人
是压低尘埃的歌声
比如
一首诗的灵性
雪山上的光辉

## 沃卡温泉：没有无法释怀的寒冷

到此
已没有无法释怀的寒冷
黑水是温暖，白水也是温暖

水花和皮肤的摩擦产生温热的意义
比如老父的生日、幼儿的啼哭……
老家的梅花又开了几朵？

捧起一捧泉水，一小汪生活
温暖可以叙述生活，并于某个转折的地方重新厘清
"一如万物的位移，来自我们内心偶尔的呢喃"

## 看马鹿随想

此时，拒绝指鹿为马
拒绝宠物狗的歌声
拒绝高过飞鸟的事
拒绝从鹿茸上长出蔷薇

此刻，可以不羁
为交配放手一搏

此刻，马鹿身上的花纹
交出不曾篡改的预感

此刻，企图与它交流
用以兑换办公室之外的梦想

## 里龙风景区随笔

相对于这里的草木,我只是一个旁观者
相对于虫草、贝母、雪莲花……
我是一个不合格的大夫
相对于杜鹃花,我是一个无趣的人
那些无需修辞的浪漫宁愿隐没风中
哦,那些都不重要
还是想念青稞酒

## 入戏的草原：以绿色的釉料兑出牧鞭的意象

如果用来入戏
广阔的草原同样适合

遇野驴能够找到唱本
岩羊于峭壁上留下悬念
白云飘过，留下一片莫须有的旁白
一声鹤鸣，让思绪长出倒刺
夜宿古寺的一句偈语
而草原只是布局者
宽容了所有造访者的事实
并以绿色的釉料
勾兑出一根牧鞭的意象